Für mich

Von einer Sekunde auf die andere
bin ich plötzlich tot
und nach der Auflösung meiner Wohnung
bleibt nichts von mir zurück
nichts weiter als das Erbe
meiner Eigenarten -
meine Gedankenmuster -
weitergegeben
unangenehm
lästig
nur die Erinnerung
an meine
Unvollkommenheit
keine Reichtümer
keine Pretiosen
die habe ich bereits selbst
auf dem Spielfeld des Lebens
verloren

das war' s also...

Monika Pedack

Der Nachlass

© 2014 Monika Pedack
Verlag: tredition GmbH, Hamburg

ISBN
Paperback   978-3-7323-1719-6
Hardcover   978-3-7323-1720-2
e-Book   978-3-7323-1721-9

Printed in Germany

Peinlichkeiten

Nachlass klingt nicht so sehr nach dickem Erbe und Vermögen, eher nach Wohnungsauflösung und Entrümpelung. Viel mehr ist meine Hinterlassenschaft auch nicht. Spärliche Habseligkeiten, Sperrmüll und der Rest taugt gerade noch für die Altkleidersammlung. Sollten meine beiden Töchter persönlich die Liquidation meiner Gewandung übernehmen, dann könnten sie mit ihren sensiblen Nasen noch immer meine Lieblingsstücke schmecken . Alles, was ich gerne und oft getragen habe, ist noch von meinem Odeur durchdrungen...und von meinem Parfum. Sie wissen, dass ich mit dem Verbrauch von sinnverwirrenden Duftwässern nie gespart habe. Selbst nach der Wäsche meiner Oberteile ist das Bukett von Dior oder Lagerfeld immer noch im Hause. Höchstwahrscheinlich hing mein übersteigerter Fremdduftkonsum mit einer Störung der molekularen Wechselwirkung von Rezeptoren und Duftmolekülen im innersten meiner Nase zusammen, ausgelöst durch eine chronische Verstopfung derselben und somit schuldig an meinem unterentwickelten Geruchssinn. Nach Aussagen meiner Mitmenschen hinterließ ich an jedem Orte, an dem ich verweilte, meine Duftmarke. Zum Beispiel an Babys, Hunden, Katzen, Sofakissen, de facto, jeder und jedwedes durfte von meinem Aroma profitieren. Den gleichen

Stellenwert wie der zerstäubte Karl Lagerfeld hatte auch mein Lippenstift. Nahezu in jeder Mantel- oder Jackentasche befindet sich ein Exemplar davon. Ich glaube mich zu erinnern, es war schon Anfang der siebziger Jahre, ich bin jedenfalls noch sehr jung gewesen, als ich mich das erste Mal schminkte. Die Nachricht, dass rote Lippen geküsst werden sollen, verbreitete ein Cliff Richard über den Äther und seit dieser Zeit trug ich Rot. Es war letztendlich das einzige in meinem Gesicht, was im Wandel der Zeit eine Konstante darstellte und außerdem belebte es den inzwischen in die Jahre gekommenen Teint ungemein. „Ohne" fühlte ich mich beinahe nackt und unvollkommen.

Ich kann mir nur wünschen, dass ich mit meinem Ableben nicht all zu viele Kalamitäten bereiten werde und mein Leichenfund, ich nehme an, es wird morgen früh passieren, niemanden zu sehr erschreckt. Dass aber auch die himmlische Vorsehung meinen Fälligkeitstermin vorverlegen musste und mich von meiner wunderbaren Familie trennen, um ausgerechnet jetzt Trübsal in ihr Leben zu bringen, tut mir echt leid. Damit konnte keiner rechnen, aber es ist ja immer so: erst passiert lange Zeit gar nichts und dann wiederum häufen sich die Ereignisse. Ausgerechnet wenn alles drunter und drüber geht – mitten drin in einer lebendigen Geschäftigkeit – urplötzlich – Totenstille.

Vielleicht hätte ich mich doch mehr nach *Dietrich Bonhoeffers* Worte richten sollen, der da sagte: „*wir müssen bereit werden, uns von Gott unterbrechen zu lassen"*, dann fände man heute und hier nicht alles nur halbfertig und Bruchstücke meines Lebens vor. Wo man hinsieht nur halbfertige Sachen, nichts richtig zu Ende gebracht, Fragmente von Schriftstücken und Versen, nicht frisch Staub gesaugt, schmutzige Gardinen und kein neu überzogenes Bett.

Natürlich weiß ich, dass Bonhoeffer mit dem bereit sein für eine höhere Welt nicht den unerledigten Abwasch gemeint hat. Wir sollten nicht vergessen unseren inwendigen Menschen, unseren geistlichen Leib nicht über den Anforderungen an das Leben und an uns selbst zu vernachlässigen. Er ermahnt uns, über den weltlichen Aufgaben und Bindungen nicht zu übersehen, dass es ein höheres Ziel gibt, das es zu erstreben gilt, dass man nicht nur das Sichtbare anerkennt, sondern auch den Geist, der alles erschaffen hat, der alles ordnet und erhält. Kurz und gut, wir sollten den Tod nicht verdrängen, schon gar nicht unseren eigenen. Mit ihm kommt unser Leben zur irdischen Vollendung und alles was wir bis zu diesem Augenblick nicht getan haben, alle guten Vorsätze, die wir nur vor uns her geschoben haben, praktisch für alle Versäumnisse wird es am Tag X zu spät dafür sein.

Am oberpeinlichsten ist mir die geöffnete Internetseite, mit der ich mich bis zu meinem Ableben beschäftigt habe. Im Chatroom einer Singlebörse rücklings vom Drehstuhl gefallen. Das hätte mir letzte Woche jemand erzählen sollen, dass ich während eines Gespräches mit einem charmanten Herrn kurz und schmerzlos das Zeitige segne. Was Eberhard jetzt wohl von mir denken mag, nachdem ich mitten in einer bezirzenden Unterhaltung, ohne Lebewohl zu sagen, einfach so dahingeschieden bin. Der Arme weiß ja noch nicht einmal, dass mir nicht irgendwelche Knock- out- Zertifikate, sondern wackelige Rollen an meinem Bürostuhl das Genick gebrochen haben.

In dieser Kürze, vom Fall bis zum Exitus zieht mein Leben an mir vorbei, genau so wie ich das schon des Öfteren gelesen hatte. Man erinnert sich nicht nur an entscheidende Momente, sondern gleichermaßen an scheinbar unwichtige Dinge.

Mein Leben war alles andere als perfekt, denn im Großen und Ganzen habe ich wenige Ziele in meinem Dasein erreicht, das lag womöglich daran, dass ich mir gar nicht so viele gesteckt hatte. Pläne schmieden und gute Vorsätze gab es auch nicht, soweit ich mich erinnern kann und wenn, dann nur wenig bedeutsame. Um sich wirklich vorwärts zu bringen, ist es unerlässlich seinen Willen zu stärken. Leider habe ich meist aus einem Bauchgefühl heraus gelebt und nie viel dazu beigetragen, meine Entschlusskraft durch das Anstreben von Zielen über ein Verfolgen von Absichten bis hin zur Umsetzung einer persönlichen Entscheidung in die Tat, auch nur annähernd zu bilden. Diese Schwäche bereitet mir in meinem toten

Zustand so etwas Ähnliches wie Schmerz und ich spüre direkt ein Brennen in meiner Brust.

Durch meine Tagträume wähnte ich mich ganz oft schon dort angekommen, wo mich wiederum diese Gedankenversunkenheit daran hinderte, sich diesem Ziele zu nähern. So träumte ich mein Leben anstatt meine Träume zu leben. Aber macht das am Ende einen Unterschied? Beides, Gelebtes und Geträumtes werden zur Vergangenheit und existieren nur noch in der Erinnerung. Just im Augenblick des Todes steht alles Unbewusste in einer deutlichen Klarheit vor mir und lässt mich Zusammenhänge erkennen, die ich zuvor nie so wahrgenommen habe. Zum Beispiel die Sache mit dem Eberhard, in dem ich endlich den Mann gefunden zu haben glaubte, der alle meine Sehnsucht nach Erfüllung einer wahren Liebe verkörpern würde. Das beruht natürlich auf der Tatsache, dass es um vieles leichter ist, seine Gefühle auf einen Menschen zu projizieren den man gar nicht kennt, weil man sich ihn so vorstellen kann, wie man gerne hätte, dass er ist und nicht auf einen Menschen, den man kennt und von dem man weiß, dass er nicht so ist, wie man ihn gerne hätte. Es klingt kompliziert, ist aber eine einfache Wahrheit. Vielleicht wäre ja aus dem Eberhard und mir ein Paar geworden und angenommen, er hätte meine Fürsorge ertragen und Geben und Nehmen wären dieses Mal stimmig gewesen und nicht so im Ungleichgewicht wie mit dem Vorgänger, dann hätte es auch sein können, dass doch noch eine große Sehnsucht in meinem Leben ihre Erfüllung gefunden hätte. Nun bin ich zunächst einmal tot und das ständig auf der Suche sein nach einem Bräutigam hat sich fürs Erste erledigt. Seit der Trennung von meinem Mann vor gut sieben Jahren (nach s i e b e n u n d - d r e i s s i g Ehejahren) wäre Eberhard der dritte Versuch gewesen und ich hab mir noch gedacht: alle guten Dinge sind drei. Tja, der Mensch denkt und Gott lenkt.

Abgeleitet aus der Bibel, *des Menschen Herz erdenkt sich einen Weg, aber der Herr allein lenkt seinen Schritt. (Sprüche 16,9)*

Es bereitet mir nicht die unerfüllte Sehnsucht tief in mir Kummer, es ist die mickrige Hinterlassenschaft, welche meine Kinder zu erwarten haben und die sie ganz bestimmt nicht mit meinem Tode aussöhnen lässt. Sie werden keine lachenden Erben sein, obwohl ich es mir so sehr für sie gewünscht hätte. Wie oft schon hatte ich mir in meiner Fantasie mein Testament für meine Nachkommen als allgemeine Belustigung vorgestellt, durch das meine Trauergemeinde zu einer heiteren ausgelassenen Gesellschaft werden würde. Alte Erbstücke, lustige Anekdoten aus einer gemeinsamen Vergangenheit gepaart mit einer Portion Humor und am Ende das Sahnehäubchen, nämlich der geliebte schnöde Mammon. Aber was haben Erbberechtigte schon für einen Spaß, wenn an Stelle des Sparstrumpfes nur noch die Socken vorhanden sind. Es hätte nicht soweit kommen müssen, aber wie heißt es so schön: hinterher ist man immer klüger. Noch besser das Zitat, habe leider vergessen von wem: wer hinterher der Dumme ist, kann davon ausgehen, dass er es vorher auch schon gewesen ist.

Es war eine gehörige Portion Gutmütigkeit meinerseits im Spiel, die es erlaubte, mit meinem privaten Vermögen, quasi mit meiner Kinder Erbschaft eine Haftungsverpflichtung einzugehen. Nachdem Gutmütigkeit aber eher eine Form von Liederlichkeit und nicht von Güte ist, habe ich mit dieser Charakterschwäche das komplette Vermögen aufs Spiel gesetzt und auch verloren. Ich habe damals für von mir undurchschaubare Aktiengeschäfte gebürgt, die von ehedem als seriös angesehenen Geldinstituten als anständig, gewinnbringend und unbedenklich empfohlen wurden. Das Anraten, den Sparstrumpf, bzw. das Sparbuch gegen Aktien einzutauschen war damals des Bankers liebstes Kind. Ich konnte halt nie nein sagen und wenn mir mein Angetrauter in seiner bestimmenden Art, die auch niemals ein nein zugelassen hätte, irgendwelche nebulöse Finanzierungskonzepte vorgelegt hatte, habe ich, um aufregende Auseinandersetzungen zu vermeiden zu allem Ja und Amen gesagt. Ich war ja selbst von der Idee begeistert, ohne weitere Anstrengung großes Geld machen zu können. Als dann um die Jahrtausendwende die New

Economy wie eine Seifenblase platzte, war es bereits zu spät um ein Erbe bewahren zu können. Firmen aus dem neuen Mark machten durch Insiderhandel, falsche Gewinnangaben, massive Bilanzfälschungen etc. von sich reden und waren jetzt im Begriff sich wie Fata Morganas aufzulösen und mit ihnen die Habsucht ihrer Aktionäre.

Zu gerne würde ich meine Töchter noch einmal so richtig freudig lachen hören, das Gelächter, das so ansteckend für mich gewesen ist und mein Gemüt immer fröhlich stimulierte, obwohl ich doch sonst eher mit dem Trübsinn verwandt gewesen war. Morgen früh wird es ganz sicherlich nicht passieren, denn durch die Erstarrung der Muskeln post mortem könnte mein Anblick zwar groteske Züge annehmen, aber er wird bestimmt niemand zum lachen bewegen. Wenn ich mich so von oben betrachte kann ich noch keine Veränderungen zu heute Morgen an mir erkennen, obgleich mir das Gefühl dieser Zeitspanne, von morgens bis abends, in diesem Raume, in dem ich mich gerade bewege, komplett abhanden gekommen zu sein scheint. Es ist, als ob Zeit etwas fiktives, nichts Messbares mehr wäre. Ich bin da und doch nicht da. Nein, das ist nicht richtig. Ich bin da, aber ich bin nicht mehr der Mittelpunkt, als der ich mich zu Lebzeiten gefühlt habe, nicht mehr der Nabel der Welt, um den sich alles drehte, ich bin jetzt wie eine Energie die kein Zentrum mehr kennt, sondern sich in der Peripherie verströmt. Ein gutes Gefühl. Es stimmt mich ganz und gar nicht traurig, dass ich keine irdischen Aufgaben mehr erfüllen kann, dass ich in meinem Leben keine Verrichtungen mehr tätigen kann, dass alles Unvollendete mit meinem Tode ein Ende, einen ehrwürdigen Abschluss gefunden hat.

Na gut, aus medizinischer Sicht und wenn man die Durchschnittslebenserwartung von Frauen zugrunde legen würde, hätte ich ruhig auch noch zwanzig Jahre länger leben können. Das würde aber nicht zwangsläufig bedeuten, dass unterm Strich ein besseres Ergebnis zu erzielen gewesen wäre. Wahrscheinlich hätte ich mich nie meinem Lebensalter so richtig untertan gemacht, um den Aufgaben des Alters gerecht zu werden. Jede Lebensstufe beinhaltet doch ihre eigene Philosophie und ihre eigene Bestimmung und wenn das fortgeschrittene Leben dazu taugt, sich Zeit und Muße zu nehmen für die Betrachtung der Natur oder der Sterne um vornehmlich reif und reich zu werden in Gott, so hätte ich ungeachtet dieses Segens meinen Dienst an vergänglichen Dingen derenthalben nicht quittiert. Was wäre aus mir geworden wenn ich zum Beispiel noch zwei Jahrzehnte gehabt hätte? Weiterhin der Multi - Dilettant, der nicht in der Lage gewesen wäre, den Prozess seiner Reife zu beeinträchtigen, bzw. vorwärts zu bringen? Wem wäre ich begegnet, wenn ich mich jenseits der siebzig oder gar der achtzig wieder gefunden hätte? Einer alten, vielleicht frustrierten Frau oder doch einer weisen, altersklug gewordenen Dame. Eher nicht. Der Verschleiß an meiner inneren und äußeren Gestalt versetzte mich ohnehin schon in Panik, nicht zuletzt, weil die äußerliche Form neuerdings durch fortschreitende Ausdehnung einer Anschauung immer mehr Volumen bot. Scheußlich, aber unaufhaltsam. Was nicht immer einfach gewesen war, zumal das, was man im Spiegel sichten konnte, nicht mehr kompatibel schien, mit dem Bild, das man von sich in seinem Innersten fest gespeichert hatte. Natürlich war das nicht mein persönliches Schicksal, ich teilte es mit vielen Frauen die jenseits des Klimawandels lebten, aber das machte die Sache auch nicht leichter, denn wenn aus Fältchen Falten werden, muss eine jede für sich das Los alleine tragen. Ganz zu schweigen übrigens von meinen arthritischen Händen, die weitaus älter aussahen als der bedauernswerte Rest und die ein Geburtsdaten mogeln absolut nicht zugelassen hätten. Hände sprechen Bände. Worte meiner Großmutter väterlicherseits, die sich dank ihrer Beleibtheit im hohen Alter von neunzig Jahren eines aalglatten Gesichtes erfreuen durfte. An ihren Händen allerdings konnte man zu ihrem Leidwesen, wie ich mich erinnere, ihr Alter dann doch ausmachen.

Na jedenfalls aus der Vogelperspektive betrachtet, so wie ich mich gerade sehen kann, sind Makel völlig bedeutungslos.

Es ist schon erstaunlich in welchen mir bislang unvorstellbaren und unzugänglichen Dimensionen mein Leben in fest strukturierten Zeitabschnitten vor mir liegt. Es ist ein stufenreicher Blick zurück bis in meine Kindheitstage. Um es genauer und anschaulicher zu beschreiben, man misst hier, wo ich gerade bin, das irdische Leben in einem Rhythmus von sieben Jahren, die sich erkennbar als Entwicklungsstufen vollziehen. Nach kurzer Überlegung wird mir klar, dass ich, obwohl so früh verschieden, doch beinahe neun dieser Jahrsiebte hinter mich gebracht hatte. Die Hürde ins Zehnte konnte ich wegen des defekten Bürostuhles leider nicht mehr meistern.

Es scheint also doch zu stimmen, dass die magische Sieben für eine gesetzmäßige Ordnung im Mikro- sowie im Makrokosmos bestimmend ist.

Leider Gottes habe ich mich viel zu wenig mit diesem Thema beschäftigt. Möglicherweise würde mehr Kenntnis über diese mystische Zahl zu einem besseren Verstehen meiner Biografie beitragen, die sich vor meinem geistigen Auge offenbart.

Oberflächliches Wissen ist hier in diesem seelischen Forum ein unüberwindbares Defizit und diese Lücke lässt sich durch nichts mehr schließen. Zumindest nicht im Augenblick. Auch nicht durch einen Blick auf meinen Bildschirm, auf dem nicht Wikipedia, sondern der leere Chatroom angeklickt ist, den Eberhard in der

Zwischenzeit verlassen hat mit einem kurzen und bündigen „Gute Nacht". Klingt unterschwellig ein bisschen sauer, aber in diesem Falle übe ich Nachsicht mit ihm. Für ihn werde ich wohl ein Geheimnis bleiben, so wie das Buch mit den sieben Siegeln.

Es ist tatsächlich wahr, dass ich mich in den letzten sieben Jahren meines Lebens wieder finde. Viele Erfahrungen und Erkenntnisse liegen diesem Zeitraum zugrunde. Geburt und Tod, Liebe, Trennung und Trauer. Aber nicht nur diese Ereignisse darf ich mit meinem geistigen Auge überblicken, ich sehe auch eine Disparität meines Wirkens in diesem Lebensabschnitt zu der Aufgabe, die uns Menschen für diese Lebensstufe zugedacht worden ist.

Als ich ein Kind war, dachte und redete ich wie ein Kind, als ich aber ein Mann wurde, tat ich ab, was kindlich war. (1. Kor. 13)

Dieses Bibelzitat fällt mir eben ein, nachdem ich meine Taten, meine Worte und auch meine Gedanken wie eine korrigierte Schulaufgabe vor mir liegen sehe. Ich erkenne, dass mir wohl die Übergänge von Raum zu Raum einige Schwierigkeiten bereitet haben. Wenn ich die Entwicklungsstufen von Geburt an überdenke, so liegt der umfassende Lebensraum eines Kindes bis zu seinem siebten Lebensjahr in seinem Elternhaus. Danach vollzieht sich die erste Begegnung mit der Gesellschaft in einem überschaubaren Rahmen, denn das Kind hat sozusagen die Schulreife erlangt. Zu meiner Zeit meldete sich mit vierzehn Jahren oder später die Pubertät und die Volljährigkeit konnte man kaum erwarten, sie kam mit Vollendung des einundzwanzigsten Lebensjahres. Die moderne Gesellschaft schult seine jungen Bürger schon mit sechs Jahren ein und wenn einst die Frühreife eine Anomalie gewesen ist, so ist sie heute die Norm. Die Herabsetzung der Mündigkeit von einundzwanzig auf achtzehn Jahre vervollständigt das Bild einer frühreifen Jugend und ich habe mir schon öfter gedacht, dass diese widernatürliche Vorwegnahme dem jungen Menschen nicht die nötige Reife angedeihen lässt, die er braucht, um die entscheidenden Aufgaben in seiner Menschen-entwicklung souverän meistern zu können. Darüber weiß ich leider auch aus eigener Erfahrung zu berichten, wie sehr ein „nicht warten können bis die Zeit gekommen ist" das Erwachsenwerden zu einer langwierigen Ange-legenheit werden lassen kann.

Meinen letzten Lebensabschnitt betreffend, wäre es durchaus möglich, dass diese Verschiebungen von sieben (Schulreife) auf sechs, von vierzehn (Pubertät) auf zwölf und von einundzwanzig (Volljährigkeit) auf achtzehn Jahre auch Spätfolgen für die kommenden Jahrsiebte haben könnte. Zum einen könnte sich diese Sechserreihe fortsetzen und so würde ich mich mit meinen zweiundsechzig Jahren bereits in der Mitte der elften Entwicklungsstufe meines Lebens befunden haben. Andererseits zeigte ich aber bis zum Schluss keinerlei Ambitionen, meinen Lebensabend zu gestalten, genau so wenig fing ich an, die Vergänglichkeit alles Irdischen zu akzeptieren, dazu gehört ja auch das Freiwerden und Loslassen von allem zeitlichen Wesen und deshalb liegt es nahe, dass ich mich in der neunten Lebensstufe der Sechserreihe eingenistet und mich wohnlich eingerichtet hatte.

Dort lebte ich nun seit geraumer Zeit als Mittfünfzigerin und diese Variante würde auch erklären, warum ich mich, anstatt auf das Altenteil zurückzuziehen, immer noch auf der Suche nach einem Bräutigam befand.

Die Zeit führt uns unaufhaltsam, Schritt für Schritt, an das Alter heran und jeder neue Lebensabschnitt hat seinen eigenen Verlauf. Manchmal sind es nur Kleinigkeiten die sich verändern, in manchen Perioden vollzieht sich von Grund auf eine Wandlung an unserem äußeren, sowie unserem inneren Menschen. Dann dauert es eine gewisse Zeit, bis wir uns wieder an unseren Anblick, unsere Haltung gewöhnt haben und kaum ist das geschehen, stehen wir schon wieder am Übergang zum nächsten Raum. Mit Mühe sind wir mit uns übereingekommen, geht es schon wieder hin zu neuen Bestimmungen. Da ist es doch kein Wunder, dass

Männlein wie Weiblein in tiefe Krisen gestürzt werden, wenn man Friede mit der Vergangenheit schließen muss, die eben noch Gegenwart gewesen ist. Am besten wäre doch, es würde alles so bleiben wie es ist. Seelische Abgründe tun sich mitunter auf, weil Vergänglichkeit einfach keinen Platz in unserem Leben hat, jedenfalls geben wir ihr keine. Wenn wir aber im Laufe der Zeit durch finstere Tage und tiefe Täler gehen müssen, so genannte schlechte Zeiten durchschreiten , sind wir doch jedes Mal froh, wenn wir Schwierigkeiten und Nöte hinter uns gebracht haben. Nur das Schöne möchten wir behalten, wenn möglich, für immer.

Das Telefon klingelt, herrje geht denn niemand ran!

Beinahe hätte ich vergessen, dass ich doch ganz alleine zuhause bin und deshalb ja auch noch niemand bemerkt hat, dass ich schon seit Stunden mausetot bin. Das ist ein Glück möchte ich fast meinen. Wäre ich nicht alleine, so wäre höchstwahrscheinlich eines meiner Enkelkinder hier, die allesamt gerne bei mir übernachteten, derweil halt bei Omas, zumindest bei mir, die Ausnahmen stets zur Regel wurden. Aber gottlob dürfen die ein anderes Bild von mir in ihrer Erinnerung behalten, als den Anblick, den ich gerade eben biete.

Es ist gut alleine zu sein und dass noch niemand Notiz von meinem Leichnam genommen hat, so kann ich in Ruhe von mir Abschied nehmen, dabei wäre Geheule das letzte was ich jetzt gebrauchen könnte. Ob man meinen

Zustand nun entleibt oder entseelt benennen mag ist einerlei, wichtig für meine Lebensrückschau ist dabei im Augenblick immer noch der Kontakt zwischen Leib und Seele, denn in dieser Hülle, mit dieser äußeren Form bin ich durch das Leben gegangen und mit diesem Antlitz bin ich der Welt begegnet. Dieser Körper wurde mir (an)vertraut und ich empfinde es als sehr wohltuend, dass mir, während ich meine Lebensbilanz ziehe, der Blick auf mich nicht durch einen Sargdeckel getrübt wird.

Das Interesse an toten Menschen hat ja in jüngster Zeit sowieso stark nachgelassen. Immer mehr geraten Riten und Seelenämter in Vergessenheit. Es soll vorkommen, dass sich nächste Angehörige eines Verstorbenen aus hygienischen Gründen, schnellstmöglich seiner Leiche entledigen. Deckel zu und mit den Füßen voran aus dem Haus. Die Angst, dass der Tod eine ansteckende Macht ausüben und andere Familienmitglieder mit sich ziehen könnte, ist weit verbreitet. Das Verdrängen des Sterbens und das Verhindern einer offenen Auseinandersetzung mit dem Alter und dem Tod bereiten dem Aberglauben einen guten Nährboden. In meiner letzten Lebensstufe wurde ich mit dem Tod meiner Mutter konfrontiert. Er kam nicht überraschend wie der meine, er erlöste sie von einer langjährigen Pflegebedürftigkeit und trotzdem; der Tod einer Mutter kommt immer zu früh. Zu Beginn ihrer Krankheit konnte ich ihr noch die Pflege durch mich angedeihen lassen, aber mit dem Fortschreiten ihres Leidens bahnte sich eine Multimorbidität an, deren sachgerechte Betreuung nicht mehr in meiner Hand lag. Über Jahre hinweg lebte sie in einem Pflegeheim, das auch beinahe zu meinem zweiten Wohnsitz wurde. Nachdem sie für alle Verrichtungen auf fremde Hilfe angewiesen war, wurde das Hilfestellung leisten zu meiner Bestimmung. Trotzdem war die Zeit, die ich mit Mamutschka verbringen durfte, für mich eine gnadenreiche, die lohnte, in einem Büchlein festgehalten zu werden. „Mutternsprache" hatte ich es betitelt und nach ihrem Tode las ich immer wieder darin, wenn ich ihr nahe sein wollte. Es diente mir als Ersatz für den Besuch ihrer Grabstätte, die ich wegen der großen Entfernung nur wenige Male im Jahr aufsuchen konnte.

Ein Krebsleiden und eine fortgeschrittene Osteoporose, einhergehend mit einer Demenz führten irgendwann zum Tode von Mamutschka. Das Sterben begann schon eine Woche bevor sie für immer ihre Augen geschlossen hatte. Während dieser Zeit hatte ich bei ihr in ihrem Pflegezimmer gewohnt und die Zeit des Abschiedes mit ihr geteilt.

Ich sitze hier an deinem Bette liebe Mamutschka und kann sie einfach nicht sehen, die Engel des Todes. Ich weiß aber, dass sie sich bereits eingefunden haben, um dich auf deinem Wege in die geistige Welt zu begleiten. Beim Überschreiten der Schwelle werden sie dich unter ihre

Fittiche nehmen und mit dir dem Lichte entgegen schweben. Sie werden dich tragen, die Engel des Geleits und dir den Weg weisen, damit sich deine Seele nicht irreleiten lassen und verloren gehen kann, deswegen sind sie gekommen.

Ich hätte so gerne ein geistig geschultes Auge, um sie zu schauen, sie, die dich auf diese Reise begleiten dürfen und die dich mir entziehen, noch während ich deine Hand halten werde.

Du bist jetzt schon nicht mehr die alte, sondern gleichst einer Verstorbenen, die bereits alles Irdische in Gottes Hand zurückgelegt hat. Du wartest nur noch darauf, den geschundenen Leib zu verlassen, um durch die Pforte allen geistigen Ursprungs zu gehen, damit du Gottes Herrlichkeit schauen kannst.

Deine Gedanken kreisen um Auflösen und Abschiednehmen, damit du endlich nach den vielen Prüfungen im Leide, in Seligkeit von deinem Heiland getragen sein darfst.

Liebe Mamutschka, ich bete für dich, dass die letzte Hürde, die es in diesem Weltendasein noch zu nehmen gilt, für dich wie ein leichtfüßiger Tanzschritt unter Führung eines meisterlichen Tänzers sein darf.

Ich bete für dich, weil ein Gebet, neben meiner Liebe, das einzige ist, was ich dir mit auf diese Reise geben kann.

Diesen Brief schrieb ich, nachdem Mamutschka von ihrer Umwelt keine Notiz mehr genommen hatte. Sie befand sich in einem Dämmerschlaf.

In einem unbeobachteten Augenblick, ich habe gerade mit Schwester Karin ein paar Worte gewechselt, ist sie von mir gegangen.

Eigentlich kann ich ganz froh sein, dass ich noch nicht entdeckt worden bin und mich gerade niemand auf meinem Nachhauseweg stört. Wenn meine Rückreise beendet sein wird, hoffe ich doch sehr, Mamutschka, Papa und alle die von mir geliebten Menschen und Tiere wieder zu finden. Ich freue mich auch auf meine Molli, die etwas übergewichtige Hundedame, deren bedingungsloser Liebe zu mir ich immer sicher sein konnte und die nur glücklich zu sein schien, wenn ich in ihrer Nähe gewesen bin, das beruhte übrigens auf Gegenseitigkeit. Ich habe sie nicht lange überlebt, das heißt, ich bin noch ganz bekümmert über den Verlust meines Hündchens selbst gestorben. Ebenso hat sich Notariusz, ein brauner Wallach und absolut seit dreiundzwanzig Jahren als ein Familienmitglied akzeptiert, in die ewigen Jagdgründe verabschiedet.

Zuweilen denkt man doch, dass die Zeit so schnell verrinnt, aber wenn man dann tatsächlich alle Begebenheiten Revue passieren lässt, dann wird einem erst bewusst, welche Fülle das Leben doch zu bieten hatte. Dieses Pferdchen kam schon zu uns, da war ich noch im besten Alter und meine Kinder eben noch Kinder. Es wurde zum treuen Begleiter durch die Zeit.

Das letzte Jahrsiebt war aber nicht nur todbringend, es brachte auch richtig viel Leben in die Welt. Dieser Zeitraum bescherte mir drei von meinen sieben Enkelkindern. Ich hätte nie gedacht, dass meine beiden Töchter der Welt so viele wunderbare Menschen schenken würden. Für diese netten Mädchen und Buben wäre ich gerne noch hier geblieben, aber wie *Graf von Moltke* in seinem Abschiedsbrief an seine Frau schreibt: *dass ich gerne noch etwas leben möchte, dass ich euch gerne noch ein Stück auf dieser Erde begleitete, aber dazu bedürfte es eines neuen Auftrages Gottes.*

Ob sich die Jüngsten in ein paar Jahren noch an ihre Oma erinnern können? Sie sind zwar aufgeweckt und pfiffig, aber eben doch noch etwas zu jung, um mein Bild behalten zu können. Alle anderen dürften sich später wohl meiner noch entsinnen. Übrigens konnte ich mich eigentlich auch gut an meine Großeltern erinnern, selbst an jedes Detail ihrer Wohnung, an den Geruch von Speik-Seife am Waschbecken und an das Geräusch des Wasserrades vor dem Haus, obwohl ich bei ihrem Tode erst sechs Jahre jung gewesen bin.

Mausetot darf ich nun erkennen, dass keiner meiner Auserwählten, einschließlich meines Ehegatten, auch nur annähernd meinem Naturell entsprachen. und doch hatte ich jedes Mal geglaubt, den Richtigen gefunden zu haben. Dabei bedeutet Erfolg in der Ehe nicht, die richtige Person zu finden, als die richtige Person zu werden. Diese Weisheit war mir schon zu Lebzeiten bekannt, doch leider führte sie bei mir zu einer völligen Selbstaufgabe, was absolut kein Fundament für eine gute Partnerschaft gewesen ist. Uneigennützigkeit zeugt zwar von Edelmut, wenn man sich ganz in den Dienst eines anderen stellt, ohne etwas für sich beanspruchen zu wollen, aber mit dieser Großherzigkeit lässt es sich allerdings nur dann erfolgreich in einer Partnerschaft leben, wenn beide Teile sich gleichermaßen begegnen. Sobald bei einer Seite Egoismen im Spiel sind, kann es nur dazu führen, dass man , anstatt sich im anderen zu finden, sich in ihm verliert.

„Jemanden zu lieben ist nicht nur ein starkes Gefühl, es ist auch eine Entscheidung, ein Versprechen. Wäre Liebe nur ein Gefühl, so könnte sie nicht die Grundlage für das Versprechen sein, sich für immer zu lieben." (das   ist leider nicht von mir, sondern von *Erich Fromm.)*

Ich hatte mich wirklich für jede Beziehung innerlich frei gemacht um mich ganz auf den Partner einzulassen, um ihn gänzlich anzunehmen und verständlich mit ihm und seiner Biographie umzugehen. Man nennt das kurz und bündig Fürsorge. Bei Eberhards Vorgänger, ich nenne ihn nur M, um keinerlei Details von ihm preiszugeben, wurde diese Hingabe ebenfalls für mich zum Eigentor. Dabei hatte es so hoffnungsvoll für uns beide begonnen. Es war übrigens das erste Mal, dass ich im Internet ein Forum dieser Art in Anspruch genommen hatte, um einen Partner zu finden. Unsere Kurzgeschichte konnte deshalb beginnen, weil sehr viele Zufälle im Spiel gewesen sind, die mich diese Begegnung schon fast als göttliche Fügung sehen ließ. Ein Zahlendreher in der Postleitzahl, ohne diesen hätte er nie mit seinem Bild mein Interesse wecken können, außerdem wurde ich auserwählt aus eintausendachthundertneunundvierzig Sympathiebekundungen der suchenden Weiblichkeit, die M in der ersten Woche bei www. ungebraucht.de erhalten hatte, eine Zuneigung beiderseits von Anbeginn und Übereinstimmung in den wesentlichen Lebensbereichen ließ doch hoffen. Doch wo neu draufsteht kommt häufig gebraucht zum Vorschein. Damit meine ich keinesfalls den äußerlichen Verschleiß, der hielt sich bei M relativ in Grenzen, ich spreche schon eher von den Gebrauchsspuren der Seele, dem angekratzten Selbstbewusstsein und dem verletzten Stolz, ebenso von der Schwere mit der man durch das Leben gehen muss, wenn man Last und Bürde auf sich geladen hat und diese nicht mehr loslassen kann. Aber wer hat schon im fortgeschrittenen Leben noch keine Verletzungen davon getragen. Trotzdem hat es mit uns lustig begonnen. Wir haben uns schon zeitig nach dem ersten Klick im Netz persönlich getroffen. Er war auf der Rückreise aus Ungarn und nach zehnstündiger Autofahrt auch nicht mehr ganz taufrisch, ich kam gerade verschwitzt von meiner ersten Pilates- Stunde nach Hause, als M vor der Türe stand. Mutig habe ich den mir bis dato fremden Mann zu mir in die Wohnung gebeten und um eventuell entstehende Peinlichkeiten zu vermeiden, habe ich einfach für uns gekocht. Es hat ihm geschmeckt, die Unterhaltung war kurzweilig und es folgten noch viele schöne Tage und Abende. M war früh pensioniert, oder besser gesagt, er wurde als ehemaliger Direktor im Bankwesen nach dem bereits schon einmal erwähnten Börsencrash mit einer Abfindung in den Ruhestand geschickt, so erging es damals vielen, die mehr oder weniger einen Beitrag zu dieser idiotischen Kapitalvernichtung geleistet hatten. Anfänglich dachte ich mir noch, dass meine Berufstätigkeit und sein Rentnerdasein nicht kompatibel wären, denn damals wusste ich noch nicht wie umständlich und eigenbrötlerisch ein Mensch werden kann, der von heute auf morgen in den Ruhestand versetzt wird. Genauer betrachtet konnte ich mit meiner knapp bemessenen Freizeit geschickter umgehen, wie M jemals mit der Fülle seiner uneingeschränkten Tage.

Nach kurzem Glück ereilte M in finanzieller Hinsicht erneut das Schicksal. Wer schon nicht aus den Fehlern der anderen zu lernen vermag, so doch wenigstens aus seinen eigenen. Anders bei M. Nachdem er aufgrund einer fehlerhaften Anlageberatung auch noch seine Abfindung verzockt hatte, bei ihm geschah das tatsächlich durch die Insolvenz der Lehman Brothers, ging es mit ihm mental bergab. Da war ich mit meinem mütterlichen Instinkt zur Stelle, wollte Mut machen, ihm Trost spenden, für wahre Werte einstehen um damit aufzurichten, aber er erkannte mich nicht in seinem Desaster. Er spürte vor lauter Verzweiflung nichts von meiner Zuneigung, von meiner Wahrhaftigkeit ihm gegenüber und so zog er sich immer mehr zurück. Seine Besuche wurden immer seltener, dagegen wuchs meine Fürsorge stetig. Seine Unzuverlässigkeit kompensierte ich mit Verständnis und beinahe versuchte ich mir unsere Beziehung schön zu reden. Es folgten auch immer wieder einmal unbeschwerte Momente, in denen meine Hoffnung und meine Freude genährt wurden, aber es kam wie es kommen musste.

Zwei Jahre dauerte mein Versuch mit ihm eins zu werden, aber alle Bemühungen waren vergeblich. Ein frühlingshafter Sonntag, eine wunderschöne Radtour, ein Picknick im Grünen, ein Kuss, ein sehnsuchtsvoller Blick und.....bis zu meinem Lebensende nie wieder von ihm gehört. Die Sehnsucht ließ mich noch vor meinem richtigen Tod schon tausend Tode sterben. Anfänglich hatte ich Sorge, er könnte krank sein weil er sich nicht mehr meldete, mit der Zeit aber ließ ich meine Entschuldigungen, die ich mir alle für ihn ausgedacht hatte selbst nicht mehr gelten und ich fing an, sein Betragen, seine armselige Haltung zu verachten.

Ich sehe mich im Nachtgewand auf dem Fußboden liegen und weiß, jetzt ist es zu spät für uns beide!

Hallo M, wenn du mich hören könntest, würde ich dir folgendes sagen: Zufriedenheit bedeutet nicht, das zu bekommen, was man will, sondern mit dem zufrieden zu sein, was man hat.

„ich sage das nicht, weil ich Mangel leide; denn ich habe gelernt, mir genügen zu lassen, wie's mir auch geht."
Philipper 4,11

Meinem fünften Enkelkind hatte ich es zu verdanken, dass ich den Schritt in meine Freiheit wagte. Sie wurde als drittes Kind ihrer Mutter, aber als erstes Kind ihres Vaters und wiederum als fünftes Enkelkind meinerseits geboren. Das soll keine Denksportaufgabe werden, es ist nur eine Feststellung, dass mit der Geburtsstunde dieses Mädchens für mich ein neues Leben seinen Anfang genommen hatte. Ich tauschte mein historisches Zuhause gegen eine kleine Kammer in einem alten Bauernhaus, meinen Ausblick auf einen romantischen Burghof gegen den Hof eines landwirtschaftlichen Betriebes, allerdings einen von der Art, wo Kuh noch glücklich und gehörnt leben darf. Ich habe mir übrigens sagen lassen, dass die Hörner eines Rindes eine wichtige Aufgabe und Ausgleichsfunktion bei der Verdauung und der Milchproduktion erfüllen, aber auch für die Qualität der Milch von großer Bedeutung sein sollen. Außerdem sind sie gut durchblutet, fühlen sich warm an und sind eben keine leblosen Organe, die man den Wiederkäuern einfach absägen, oder bei Kälbern als Hornansatz heraus brennen darf. Bei enthornten Rindern könnte das Eiweiß der Milch auch zum Allergen werden, was wiederum die Zunahme von einer Milchunverträglichkeit, vor allen bei Kleinkindern bestätigen würde. Anschauungsmaterial und Literaturnachweise über diese Widernatürlichkeit im Umgang mit dem Rindvieh gibt es ja heutzutage genügend im Netz und keiner braucht mehr zu sagen: das habe ich nicht gewusst.

Jedenfalls rechtfertigte ich meinen Auszug aus dem Paradies und die endgültige Trennung von meinem Gemahl mit dem Einsatz meiner großmütterlichen Dienste bei der jüngst Geborenen. Ich ging nur noch zweckgebunden in meine alte Heimat, unser gemeinsames Domizil zurück, nämlich wenn ich mir persönliche Dinge holen, oder die Kleider in meiner Reisetasche austauschen wollte. Vielleicht war da auch noch eine klitzekleine Kleinigkeit, die mich damals bewog von Bayern nach Baden Württemberg umzusiedeln. Diese Kleinigkeit mit einer Körpergröße von einem Meter und neunundachtzig spielte in meinem letzten, sowie in meinem vorletzten Lebensabschnitt eine Rolle, zwar keine entscheidende, am Ende aber eher eine unrühmliche. Da vollzog er nämlich die Trennung, das heißt, er beendete nach Jahre andauernder Liebschaft unser schlampiges Verhältnis. So nennt man das doch, wenn zwei Menschen, beide verheiratet, wenn auch getrennt lebend, eine Liaison eingehen, ohne dass ein Bindungswillen vorhanden ist. Eigentlich wollte nur er sich diese uneingeschränkte Freiheit bewahren und das war im Nachhinein gut so für mich. Eine libidinöse Veranlagung, gepaart mit einem zwanghaften Schürzenjäger-Symptom ist eine unglückliche Voraussetzung für eine ernst gemeinte Partnerschaft. Vielleicht hatten ihn diese Merkmale in seiner Jugend und seinen sportlichen Erfolgsjahren ja einmal sexy erscheinen lassen, in die Jahre gekommen, wirkte er mit seinen unaufhörlichen Annäherungsversuchen bei jeder Weiblichkeit eher lächerlich und wie ein alternder Gigolo. Natürlich war das nicht immer meine Meinung. Ich bin, wie viele vor und wahrscheinlich auch nach und womöglich während unserer Affäre diesem überaus sympathischen Schürzenjäger (dieses Wort ist noch aus einer anderen Zeit) auf den Leim gegangen. Dieses Handwerk übte er mit derselben Vehemenz aus, wie einst seine motorsportlichen Aktionen, die ihm zu seiner Zeit zwei Weltmeistertitel und vierzehn Grand Prix- Siege eingebracht hatten. Für ihn war seine Historie stets gegenwärtig und er sonnte sich immer noch in längst vergangenem Ruhm. Seine Anhängerschaft, die mit ihm alt geworden war, verherrlichte ihn nach wie vor und so blieb er sein Leben lang ein Idol . Trotz seiner stattlichen Größe entdeckte ich bei dem Langen so etwas Ähnliches wie eine schutzbedürftige Tollpatschigkeit. Grund genug, um mich mit meiner Neigung zur Fürsorge ins Spiel zu bringen.

Über einen ganz langen Zeitraum, also so ungefähr zweieinhalb Jahre lang, stattete ich ihm an den Wochenenden meinen Besuch ab. Den Korb gefüllt mit Selbstgebackenem und erlesenen Naturalien aus der biologisch dynamischen Landwirtschaft, frisch frisiert und in Begleitung meiner geliebten Molli begab ich mich Samstag für Samstag in einen Stau auf die A6 in Richtung Heidelberg. Den verbliebenen Rest des Wochenendes kümmerte ich mich um häusliche Angelegenheiten inklusive Zubereitung des Sonntagsbratens. In abendlicher Zweisamkeit verhätschelte ich den Langen mit ausgedehnten Fußmassagen. Dass ich nach Beendigung derselben seine Füße geküsst hatte, bereute ich spätestens in diesem Augenblick, als mich die Aufkündigung unserer Liebschaft über einen Telekommunikationsdienst zur Übertragung von Textnachrichten im Mobilfunk erreichte.

Bei meiner Rückschau muss ich feststellen, dass der Schwabe gerade kein harmonisches Bild von sich abgibt. Es liegt wohl an den stumpfen Grau- und trüben Rottönen seines Ätherleibles, der grob betrachtet recht degenerativ auf mich wirkt. Der Anblick dieser zerfledderten Aura erinnert mich irgendwie an die bizarren Strukturbilder der

Milch, die man durch Bild schaffende Untersuchungsmethoden bei enthornten Rindern sichtbar machen konnte, aber trotz allem bin ich jetzt ganz und gar im Frieden mit dem Langen.

Das Schweben über dem eigenen Leichnam ist in meiner Wohnung, die zwar nicht klein, aber von sehr niedriger Raumhöhe ist, nicht ganz so einfach, als wenn sie über kathedrale Ausmaße verfügen würde. Ich bin auf der Hut, dass ich mich nicht zu sehr nach oben bewege, um nicht den Rolf, der über mir wohnt, zu erschrecken, denn noch habe ich keine Erfahrung, in wie weit ich für die Zurückgebliebenen spürbar oder gar sichtbar sein könnte. Ich liege noch immer unverändert auf dem Teppich und frage mich, wer mich wohl als erstes vermissen wird. Wer es auch sein mag, ich möchte ihm mit den Worten von *Christoph Probst* sagen, die er 1943 am Tage seiner Hinrichtung gesprochen hat:

Ich habe nicht gewusst, dass Sterben so leicht ist...Vergiss nie, dass das Leben nichts anderes ist als ein Wachsen in der Liebe und ein Vorbereiten auf die Ewigkeit.

Die Konfrontation mit der toten Mutter wird meine Töchter selbst an einen Punkt gelangen lassen, der das Zentrum ihrer Persönlichkeit direkt berühren wird, denn nichts formt und prägt den Charakter, die Denkweise mehr als die Begegnung mit der Liebe oder mit dem Tod. Durch die Todesnähe werden sie ihre eigene Existenz bedroht sehen und sich auch die Dauer dieser vor Augen zu halten, wird unvermeidbar werden. Fragen ihrer Lebenseinstellung betreffend werden sich auftun und die Gegenwart wird an Bedeutung gewinnen und es wird ihnen bewusst werden, das Leben findet ausschließlich im Jetzt und nicht in einem imaginären Zustand irgendwo oder irgendwann statt. Mit Zukunft ist eine nachfolgende Generation in der Folgezeit gemeint. Die eigene Zukunft passiert im Prinzip nur im Augenblick, deshalb sollte auch diesem Moment mehr Aufmerksamkeit und Intensität geschenkt werden, weil jeder Gedanke und jegliches Tun Auswirkungen in der kommenden Zeit und Welt haben werden. Die beste und einzige Vorbereitung für das Morgen, ist nicht das Pläne schmieden in die Zukunft, sondern den richtigen Umgang mit dem Heute zu üben.

Darum sorgt nicht für morgen, denn der morgige Tag wird für das Seine sorgen. Es ist genug, dass ein jeder Tag seine eigene Plage habe.
(Matthäus 6, 34)

Ein Traualtar, eine weiße Braut, ein Brautstrauß, ganz viele gut gekleidete Menschen, eine Heuscheune mit einem Baldachin aus reiner Seide, lustige Musikanten, ein

Tanzboden, ein fröhliches Völkchen, ein fürstliches Buffet voller Gaumenfreuden und ich dabei.

Ein Flugticket nach Venedig, ein Hotel am Lido, eine Fahrt mit dem Vaporetto, ein Standesamt am Canale Grande, der Familienclan aufgetakelt, Braut und Bräutigam so schööön, Cappuccino auf der Piazza San Marco, Abendessen unterm Sternenhimmel mit Meeresrauschen und ich dabei.

In meinen letzten sieben Lebensjahren durfte ich, für mich unvergesslich, gleich auf zwei Hochzeiten tanzen. Meine liebste Älteste und meine liebste Zweitgeborene hatten sich in diesem Zeitraum getraut. Beide ehelichen sie die Väter ihrer bereits geborenen Kinder. Trotzdem, zwei Hochzeiten ganz unterschiedlichster Couleur, aber aus ein und demselben Beweggrund; aus Liebe!

Die Begegnung mit der Liebe ähnelt der mit dem Tode. Auch die Liebe berührt den Wesenskern des Menschen auf so vielfältige Weise und man kann sie als Urgrund des Lebens bezeichnen. Egal auf wen oder was die Liebe gerichtet ist, sie bedeutet immer Verbindung. Ob diese Zuneigung nun einem Partner gilt oder der Musik, den Tieren und Blumen, oder auch dem Engagement einer Sache, die mit dem Herzen geplant und durchgeführt wird, ist egal, es ist eine Vereinigung mit etwas, aber auch eine Vereinbarung, ein Übereinkommen mit sich selbst und dem anderen. Alles passiert ganz freiwillig, aber doch mit einem höheren Verantwortungsbewusstsein, eine Zuverlässigkeit,die man sich abverlangt und dem anderen zuteil werden lässt. So sollte es zumindest sein und am Anfang einer Beziehung gibt es diesbezüglich auch selten Schwierigkeiten. Wenn uns die Liebe wunderbar berührt und dem Leben diese Leichtigkeit schenkt, Zeit und Raum vergessend und nur noch den Moment zählen lässt, die Liebste, den Liebsten wieder in die Arme schließen zu können, glaubt man zu wissen, dass einem dieses Gefühl bis in alle Ewigkeit bestimmt sein wird. Wer sich auf dieser vermeintlichen Sicherheit auszuruhen versucht, hat häufig das Nachsehen. Gegensätzlichkeiten bestimmen das Leben in einem auf und ab und in diesen Höhen und Tiefen kann die Liebe nichts wissend abhanden kommen oder sie gerät im Alltagsgeschehen einfach in Vergessenheit. Wer einem zauberhaften Anfang nicht Taten folgen lassen will, wird keine Liebe am Leben erhalten können. Man wird sie alltagstauglich machen müssen, in dem man versucht, aus allen Gedanken, allen Worten und allem Tun jegliche Form von Lieblosigkeit zu verbannen. Das kostet Mühe. Es ist ein tägliches Üben, wie alles geübt sein muss, was einen Erfolg in Aussicht stellen will. Dieses Wechselspiel von Geben und Nehmen ist auf allen Ebenen der Liebe unabdingbar, sowie das Erkennen der jeweiligen erforderlichen Bedürfnisse des geliebten Partners. Die

Liebe zwischen zwei Leuten findet man in körperlichen, in seelischen, sowie in geistigen Bereichen, wobei sich letztere erst im Laufe eines Lebens den Liebenden erschließen. Die sexuelle Anziehungskraft, die meist zu Beginn einer Beziehung steht, muss oft die anderen, noch nicht erarbeiteten Bereiche kompensieren, was in anfänglichem Überschwang eigentlich noch kein Problem darstellt. Dem anderen dienen, ihn respektieren und wertschätzen und mit ihm gemeinsam eine innere Harmonie zu erarbeiten, wird den seelischen Anforderungen an die Liebe gerecht werden. Des Einswerdens mit dem Partner bedarf es Zeit und Geduld. Vergleichbar mit den Früchten, die in der Sonne reifen, wird sich diese geistige Ebene der Liebe nur langsam und mit der Zeit entwickeln, denn die Sonne wird nicht alle Tage scheinen.

Ich wünsche jedem, der den Bund der Ehe schließen möchte, diese Form von Klugheit inne zu haben und von der Zeit der menschlichen Reife zu wissen, die es braucht, damit die Früchte der Liebe in Weisheit und Vollkommenheit zur Ernte des Lebens werden dürfen.

Eine Ehe mag vielleicht im Himmel geschlossen werden; aber ihre Erhaltung muss halt doch auf der Erde geschehen. Heutzutage scheint es einfacher zu sein, sich eine neue Beziehung zu suchen, anstatt mit seinem Partner überein zu kommen um gemeinsam Schwächen und Hindernisse zu überwinden.

Deshalb sage ich noch einmal: Ein Mann soll seine Frau so lieben wie sich selbst. Und die Frau soll ihren Mann achten und ehren. Epheser 5,33

...so altmodisch das auch klingen mag.

Die Liebe ist geduldig und freundlich. Sie ist nicht neidisch oder überheblich, stolz oder anstößig. Die Liebe ist nicht selbstsüchtig. Sie lässt sich nicht reizen und wenn man ihr Böses tut, trägt sie es nicht nach. Sie freut sich niemals über Ungerechtigkeit, sondern freut sich immer an der Wahrheit. Die Liebe erträgt alles, verliert nie den Glauben, bewahrt stets die Hoffnung und bleibt bestehen, was auch geschieht...1.Korintherbrief 13

Ich fühle mich gerade so luftig und durchlässig, beinahe wie Hui Buh das Schlossgespenst. Nach allem, was an mir bereits vorüber gezogen ist, könnte eine Tasse Kaffee jetzt nicht schaden. Komisch, dass der Geschmack des Kaffees und auch das Verlangen nach dem schwarzen Gift in mir noch klar und deutlich vorhanden ist. Das und vieles andere werde ich mir wohl zukünftig abschminken und meine Vorlieben eher auf so etwas wie himmlisches Manna konzentrieren müssen.

Da fällt mir soeben ein, wer wird mir überhaupt meinen Totenschein ausstellen? Mein Schwiegersohn wird es nicht übernehmen können, obwohl eine Todesfeststellung die letzte Maßnahme einer Behandlung wäre, die er mir angedeihen lassen könnte.

Also, leistungsvergütungsmäßig nach der Gebührenverordnung für Ärzte würde es sich für ihn keinesfalls lohnen. Die bloße Ausstellung eines Leichenschauscheines liegt in etwa bei vierzehn Euro und siebenundfünfzig plus Schreibgebühr von rund drei Euro und fünfzig, nebst siebzehn Cent für eine Kopie desselben. Vielleicht käme er doch noch auf seine Kosten, wenn er das Wegegeld nach Paragraph acht abrechnen würde, denn zwischen seinem Standort und meinem Liegeplatz erstrecken sich gut und gerne zweihundertfünfzig Kilometer.

Ach Gott, da fällt mir ja ein, dass mein Drehstuhlsturz unter die Kategorie Unfalltod fallen könnte und vielleicht sogar die Polizei mit einbezogen werden müsste. Am Ende lande ich auch noch in der Pathologie. Mit Sicherheit wird man Recherchen anstellen, um meinen Sturz nachvollziehen zu können, damit ein eventuelles Verbrechen an mir ausgeschlossen werden kann. Dabei war die einzige, die mir zu Lebtagen je etwas angetan hatte, ganz alleine ich selbst. Nicht nur, dass es längst an der Zeit gewesen wäre, den ollen Stuhl gegen einen neuen auszutauschen, ich hatte auch alle möglichen Verletzungen psychischer Art zugelassen und mir im Laufe des Lebens eine Kompetenz in stillschweigendem Erdulden erarbeitet, Dinge billigend in Kauf zu nehmen, was sicherlich nicht unanstrengender gewesen war, als wenn ich meine innere

Entwicklung weiter voran getrieben und meine Lebensgestaltung selbstständig in die Hand genommen hätte. Doch gegen diesen Widerstand bin ich lange nicht angegangen, der eine persönliche Veränderung zugelassen hätte. Diese Mühe machte ich mir nicht, ich blieb so wie ich war.

In meinen letzten Jahren habe ich viel gebetet. Gebetet habe ich schon immer, aber es ist mehr geworden. Und anders. Ganz früher war ich der reinste Bittsteller, meist für meine Belange und Wünsche und die Liste war lang. Zumindest war viel Egoismus in meiner Andacht und ich glaube zu wissen, dass viele dieser Gebete nur Lippenbekenntnisse waren, obwohl eine Erhörung oft gar nicht ausblieb. Doch meist hat sich hinterher heraus gestellt, dass meine Anliegen wieder mal nicht die richtigen waren. Ja, mein Beten war oft wie ein Wunschkonzert.

Wenn ich es am Ende auch nicht wahr haben wollte, aber vielleicht hatte ja doch schon ein Licht aus einer anderen Dimension meinen letzten Lebensraum durchflutet, weil ich zunehmend mehr Gemeinschaft mit Gott verspürte, wenn ich mit ihm ins Gespräch kam. Es könnte auch daran gelegen haben, dass meine an Gott gerichteten Bitten nicht nur mehr meine Belange berücksichtigten, sondern vermehrt die meiner Mitmenschen.

Eine ganz neue Erfahrung für mich war das beten in der Gemeinschaft. Damit meine ich nicht das mit der Kirchengemeinde gesprochene „Vater unser" oder das gemeinsame Tischgebet in der Familie, sondern die frei formulierte Fürbitte für unsere Mitmenschen und die Welt in einem kleinen Kreis von Gläubigen. Ich hatte anfänglich große Hemmungen und es kostete mich doch einige Überwindung laut zu beten, denn bis dorthin galt für mich das Gespräch mit Gott als etwas ganz intimes, bis ich einer netten Einladung gefolgt war, doch einmal dem Dorfgebet beizuwohnen, einer Gruppe von Frauen , welche die Sorgen und Nöte vom ganzen Ort in ihr Gebet mit aufgenommen hatten. Anfänglich konnte ich mir gar nicht vorstellen, dass diese Sache einmal zu einer festen Einrichtung werden würde. Mit der Zeit aber wurde für mich ganz deutlich, dass dem gemeinsamen Gebet eine ganz besondere Verheißung obliegt *„denn wo zwei oder drei in meinem Namen versammelt sind, da bin ich mitten unter ihnen" Matthäus.18/20*

Ich darf mir sicher sein, dass meine Mitbeterinnen für meine arme Seele beim Herrn um Gnade bitten werden, für alle nicht gut gemeinten Gedanken, Worte und Werke und für alle Versäumnisse auf meinem Lebensweg.

Mein Leben verlief eigentlich recht überschaubar und bescheiden und es wird so sein, dass man mich am ehesten an meinem Arbeitsplatz vermissen wird und das schon sehr frühzeitig am Morgen. Georg wird zumindest versuchen mich telefonisch zu erreichen, in der Funktion als der Wecker der Verschlafenen. Wenn ich nicht abhebe, kann es sein, dass er leicht grantig wird. Das passierte aber auch schon mal ohne ersichtlichen Grund, ich meine das grantig sein. Ich denke, er hätte lieber ein junges Mädchen zur Gehilfin gehabt. Wir waren beide unschlagbar in der Pflege unseres melancholischen Selbstmitleides und unseres eintönigen Bäckerdaseins. Es konnte auch passieren, dass so ein Vormittag wortlos vorüberging und jeder von uns in seiner eigenen Gedankenwelt dahin brodelte, sozusagen sein eigenes Brot buk, aber jetzt wird er mich vermissen, da bin ich mir ganz sicher.

Es muss heutzutage schon schwierig sein mit vierzig einen Job zu bekommen, wer sich aber mit sechsundfünfzig noch einmal verändern möchte, der wird sein blaues Wunder erleben, wie abweisend und reserviert die Arbeit gebende Population auf zu früh Geborene reagiert. Ich musste es am eigenen Leibe erfahren, als ich nicht nur meinen Ehegatten, sondern auch mein Betätigungsfeld und somit meinen finanziellen Background verlassen hatte. Noch einmal ganz von vorne anfangen, kleinere Brötchen backen, im wahrsten Sinne des Wortes, war meine Devise, aber ausschließlich wegen des in Aussicht gestellten Verwandtschaftsgrades mit dem Geschäftsführer der Farm der glücklich gehörnten Kühe durfte ich auf eine Anstellung hoffen. Alle anderen Nichtverwandten erteilten mir Absagen oder noch nicht einmal das. So landete ich eben in jener Bio-Bäckerei und bis zu meinem Ableben durfte ich die Herstellung eines relativ umfangreichen Brot-Sortimentes erlernen und somit zwangsläufig das backen von kleinen Brötchen. Vielleicht gibt es ja doch so etwas ähnliches wie eine himmlische Werkstatt für Weihnachtsgebäck und für das neu Erlernte findet sich noch die eine oder andere Verwendbarkeit. Wer weiß?

Die Vertreibung aus dem Paradies

Kurz vor Schluss war das Klima in unserer Ehe sehr angespannt. Ich wollte unbedingt die Trennung und das, obwohl man mir beibrachte, immer alles brav auszulöffeln, was man sich einmal eingebrockt hat, dennoch schien mir, dass das Verfallsdatum unserer Ehe längst abgelaufen war und mir ein weiterer Genuss für mein Wohlbefinden nicht mehr verträglich erschien. Jedes Wort wurde zum Kampfstoff, aus reizend wurde reizbar. Aufbrausender Jähzorn trifft humorlose Überempfindlichkeit. Unglaublich, was sich alles aus einer angeblich so großen Liebe heraus zu entwickeln vermag. Wir hatten unseren Lebensbund zu einem Duell, anstatt zu einem Duett werden lassen, ebenso ungeachtet die Worte von Paulus an die Römer :

„darum lasst uns dem nachstreben, was zum Frieden dient und zur Erbauung untereinander."

Unsere Ehe war schon seit langer Zeit auf dem Scheideweg und obwohl dieser Tatsache bewusst, gingen wir beide nicht aufeinander zu, sondern suchten jeder seinen eigenen Weg. Erst im vorletzten Lebensabschnitt passierte dann endgültig der Bruch, aber von Tisch und Bett getrennt stimmte nicht ganz, denn ersteres wurde von meiner so genannten besseren Hälfte gerne und regelmäßig in Anspruch genommen. In allen anderen Lebensbereichen gingen wir auf Distanz und das fiel uns durch die Großräumigkeit unseres Domizils gar nicht so schwer. Wir bewohnten eine großzügige Burganlage mit viel Platz zum Wohnen, vielen Pensionszimmern, einer gemütlichen Gaststube, einem Rittersaal, einem richtigen Burgverlies, einem alten historischen Marstall, einem Pferdestall mit Hauskoppel, einer Reithalle und einem riesengroßen Rundschwimmbecken, ein bis zu meinem Ende schmerzlich vermisster Luxus. Gottlob lebte ich im Anschluss in der Nähe eines Kurbades und so musste ich auf mein allerliebstes Element doch nicht ganz verzichten. Am allerschönsten aber war der Burghof mit seinen hunderte von Jahren alten Linden, die in frühester Jugend ihres Mitteltriebes beraubt nun mehrstämmig in schwindelnde Höhe gewachsen waren und die wegen dieser Eigentümlichkeit eine Ernennung zum Naturdenkmal erfahren durften. Eine historische Burgmauer rahmte das romantische Bild ein, in dessen Mitte sich ein ziemlich großes Biotop befand, das ganz viel Leben beherbergte. Dieses Fleckchen Erde ist für mich wie das Paradies auf Erden gewesen, aber leider gab es hier auch die Vertreibung aus dem Paradiese. Gemäß einer Fadenspule, die auf den Boden fällt und sich im Rollen langsam entwickelt, so spult sich mein Lebensfilm rückwärts ab, also schaue ich im Augenblick nicht die schönen Dinge und Erlebnisse aus dem Garten Eden, vielmehr jene Begebenheiten, welche der Anfang für das

Ende gewesen sind. Eigentlich ist es ja mein Traum gewesen, Fremde zu beherbergen, Feste zu organisieren, zu kochen und damit anderen Menschen eine Freude zu machen. Blumengestecke, Dekorationen, Kuchen backen, Kaffeegäste, Einkehrer bewirten, das alles fiel in mein Ressort und ich hatte große Freude damit. Aber jetzt sehe ich mich im Notariat sitzen und leiste meine Unterschrift für die Verkaufsurkunde meiner geliebten Residenz irgendwie entrückt, fast wie in Trance. Eigentlich hätte über dem notariellen Schriftstück durchaus auch Schenkungsurkunde stehen können, überwiegte doch der finanzielle Verlust fast noch dem emotionalen. Der Käufer übernahm lediglich unsere Verpflichtungen, für die wir inzwischen der Bank gegenüber in Haftung standen. Die Zeiten waren eben schlecht für Immobilienverkäufe und es gab kaum noch einen Otto Normalbürger, der noch kreditwürdig gewesen war und schon gar nicht, wenn er nur im Geringsten mit Gastronomie zu tun hatte. Aus diesem Grunde versuchten wir auch vorerst den gastronomischen Teil unseres Anwesens an kompetente und berufserfahrene Leute zu verpachten. Die Versuchsreihe wurde lang und die Bekanntschaften reichten von skurril bis korrupt im Sinne von moralisch verdorben. Man konnte die Gesinnung den Leuten nicht auf den ersten Blick ansehen und so wiederholten sich unsere Fehlentscheidungen in Reihenfolge, was unsere Menschenkenntnis allemal in Frage stellte. Diese Begegnungen mit den unterschiedlichsten Individuen gäben genug Stoff um eigens ein Buch darüber zu füllen. Sich nur an einen von vielen Vorfällen, bzw. an die in die Wege geleitete Zwangsräumung der Familie Dingsbums zu erinnern, verursacht mir selbst in meinem jetzigen Zustand noch Unmut und Erregung. Unvorstellbar groß war damals die Vergeudung von Kraftreserven und Erspartem. Die Familie Dingsbums war bei Übergabe von Nutz-Lasten ausschließlich mit einem Koffer und zwei Reisetaschen in die Burg eingezogen. Bei der Vollstreckung des Räumungstitels standen zwei große Umzugswägen einer Spedition vor Ort, die mit meinem eigenen Inventar beladen wurden. Meine Anwesenheit war vom Gerichtsvollzieher nicht erwünscht und meine Einwände gegen das widerrechtliche Entfernen meines Eigentums fanden kein Gehör. Ich sollte doch einfach meinen Besitz wieder einklagen. Die Kosten für die Spedition, den Transport, die Lagerung des Diebesgutes gingen zu meinen Lasten. Die Rechtsanwalts- und Gerichtskosten ebenfalls. Das Einklagen meines Eigentums kostete extra. Summa summarum bezahlte man für diesen Zwischenfall schnell mal zehntausend Euro nebst den Kosten für den Gerichtsvollzieher. Mit den ausgebliebenen Pachtzahlungen und den von den Pächtern verursachten Nebenkosten stieg der Verlust schon mal auf hunderttausend Euro an. So geschah es noch mit vielen Pächtern. Einige bezahlten gerade mal die erste Miete und ich hatte zu dieser Zeit eine Menge von nicht gedeckten Schecks zur Bank gebracht. Dass die Familie Dingsbums auch noch durch anderweitige Betrügereien im Gefängnis landete, konnte meinen finanziellen Verlust, den ich durch sie erlitten hatte auch nicht wieder gutmachen. Eine Schraube begann sich zu drehen, die am Ende für uns zur Daumenschraube werden sollte. Schließlich hatten wir zu viel von unserer Substanz eingebüßt, aber ein Zurück zu einer Selbstbewirtschaftung ist nicht gewollt und auch gar nicht mehr möglich gewesen. Der Ruf eines renommierten Hauses war durch den häufigen Wechsel der Pächter und deren unsoliden Geschäftspraktiken derartig geschädigt, dass für uns nur noch ein Verkauf zur Debatte stand. Die Missstände in geschäftlichen Bereichen hatten natürlich großen Einfluss auf die Privatsphäre, bis man am Ende das eine vom anderen gar nicht mehr zu trennen vermochte. Der Verkauf wurde forciert und die Interessenten gaben sich die Klinke in die Hand. Einige Möchtegern - Burgbesitzer ließen sich gleich mühelos als Hochstapler enttarnen, aber bis zu diesem Zeitpunkt schadete uns niemand, außer dass man unsere Zeit gestohlen hatte, bis ein Herr, ich nenne ihn einfach Übeltäter, in unser Leben trat. Wohlgemerkt, er sah nicht nach dem typischen Investor für eine Hotellerie aus, aber er hatte große Visionen und einen guten Plan vorzuweisen. Die Verbriefung folgte am Fuße und eine Finanzierungsbestätigung eines Schweizer Institutes auf ein geduldiges Stück Papier geschrieben, erweckte wieder unseren Optimismus. Dieser hielt noch eine geraume Zeit an, auch als das Schweizer Institut den Auszahlungstermin des Kaufpreises verschoben hatte. Von unserer Seite wurde alles nach Plan erledigt, auch die Kündigung unseres

Kredites nebst der Verhandlung für die Ablösesumme. Erst vergingen Wochen, dann Monate und am Ende standen wir mit einem gekündigten Kredit vor Ort, der von nun an mit hohen Tageszinsen zu bedienen war und aus der Schweiz war so gar nichts in Sicht. Es stellte sich heraus, dass dem Täter selbst übel mitgespielt wurde, nur das trug nicht zur Lösung unseres Problems bei, das inzwischen ein Großes geworden war. Es folgte ein weiterer Notartermin mit dem Herrn Schuldner, bei dem dieser aus dem Vertrag entlassen werden sollte und im Gegenzug nur noch zu einer Entschädigungszahlung und den angefallenen Zinszahlungen verpflichtet werden. So geschehen, verursachten wir erneut Notarkosten, für die wir gerade zu stehen hatten, nachdem Übeltäter weder diesen Verbindlichkeiten noch jenen aus der neuesten Notarurkunde nachzukommen vermochte. Unfassbar für uns, denn Übeltäter war nicht irgendein Strolch, oder besser gesagt: dieser Strolch war einmal Bürgermeister gewesen. Uns blieb wieder einmal nur ein Titel mit vollstreckbarer Ausfertigung, mehr auch nicht. Durch dieses Desaster verloren wir jedenfalls unsere lebensversicherte Altersvorsorge an die Bank, damit diese noch gewillt war, uns die Zeit einzuräumen, um einen neuen Käufer für das Objekt „Romantische Burganlage" zu suchen.

Die ganze Welt schien in eine moralische Schieflage geraten zu sein. Es waren die Verantwortlichen aus Regierungs- und Wirtschaftskreisen, die Meineid, Unehrlichkeit und anderweitige Unredlichkeiten popularisierten. Menschen mit Vorbildfunktionen versagten, in dem sie nicht mehr in Amt und Würde handelten, sondern eher eigennützige Intentionen verfolgten. Macht- und Geldgier setzte unsittliche Handelsmaßstäbe und in den obersten Etagen fühlte sich niemand mehr dazu berufen, ehrfürchtig vor Gott und aufrichtig den Mitmenschen gegenüber zu handeln. Dagegen wurden Korruption und Schmuddel salonfähig und alsbald verbreitete sich dieser Bazillus der Unlauterkeit unter allen Bevölkerungsschichten schneller als die Schweinegrippe.

Wie schon erwähnt, die Zeiten waren schlecht für Immobilienverkäufe und so kam es zu dem schon einmal genannten Notartermin. Zugegen waren der Herr Notar, meine von mir getrennte Hälfte und ich, ein Kerl aus der Vollstreckungsabteilung unserer Hausbank und ein Käufer. Vor der Verbriefung wurde noch gefeilscht und geknobelt, bis endgültig alles bis dato von uns eingebrachtes Kapital verschenkt gewesen war. Auch mein Ererbtes, meine Altersversorgung....alles futsch. Dass Banken einmal selbst in Schwierigkeiten geraten könnten, ließen die damaligen Verhandlungen nicht vermuten. Jeder Cent musste doch von den Kreditnehmern doppelt und dreifach abgesichert werden. Das Haus meiner verstorbenen Mutter wurde sozusagen zu einer Zwangsbürgschaft hergenommen, weil wir zwar die Burg an einen unserer Konkurrenten verkauft hatten, aber noch nicht aus der Haftung entlassen wurden, nämlich solange nicht, bis der Neue sich angeblich bewährt hätte. Obwohl die Konkurrenz nicht geschlafen hatte und seit Jahren ihren Verpflichtungen treu und brav nachgekommen war, durfte ich eine Freistellung dieser Zwangsgrundschuld nicht mehr erleben. Ob das überhaupt rechtens gewesen war, sei noch dahin gestellt. Ein Liedvers von *Hans von Lehndorff* hätte mir damals Trost spenden können, wenn ich ihn nur schon gekannt hätte:

Komm in unser festes Haus, der du nackt und ungeborgen, mach ein leichtes Zelt daraus, das uns deckt kaum bis zum Morgen; denn wer sicher wohnt, vergisst, dass er auf dem Weg noch ist.

Ich fühle mich ganz geplättet von den Ereignissen, die so an mir vorüber gezogen sind. Es war schon eine aufregende Zeit, die eben meine Erinnerung streifte und mir wird klar, dass ich ganz besonders unter diesem Debakel zu leiden hatte, weil ich mich naturgegeben als Stiergeborene eigentlich nur auf sicherem Terrain so richtig wohl fühlen konnte. Mein Leben lang verdiente ich mein Geld mit Dienstleistung und mit meiner Hände Arbeit schaffte ich mir zwar keine überflüssigen Reichtümer, aber es genügte für einen ruhigen Nachtschlaf. Auch nach einem

Neustart meiner „Solokarriere" baute ich auf diese Bescheidenheit, aber für die Dauer, in der ich das gemeinsame ritterliche Anwesen bewirtschaftete, war der Sachverhalt in beruflicher und finanzieller Hinsicht nicht ganz eindeutig und durch eine gemeinsame Veranlagung mit dem Ehepartner auch etwas komplexerer Natur. Außerdem trennten uns Welten, die, wenn man es so nennen darf, unsere damalige Lebensform betrafen. Stand ich am Start in eine neue Bestimmung, wähnte sich der andere Teil bereits im Ziel angekommen und verschwendete viel Zeit für sein Steckenpferd, für die jüngere Generation auch Hobby genannt, nämlich der Rennfahrerei. Diese Leidenschaft hatte, egal zu welchem Zeitpunkt auch immer, Präferenz und gewann mit zunehmendem Alter mehr und mehr an Bedeutung. Meine Geschäftigkeit und sein Müßiggang waren an sich schon konträr, aber diese Konstellation war auch ein unglückliches Gefüge für eine Partnerschaft. Input und Output im Ungleichgewicht. Hochkonjunktur bei den Heiratswilligen bescherte mir viel Arbeit, auf der anderen Seite der Spätberufene mit seiner Erfolgssucht nach einem zweifelhaften Ruhm. Zudem verstand sich der Wettkämpfer, der bei den diversen Rennen mit ehemaligen Weltmeistern und Grand-Prix-Siegern um die Wette fuhr auch als Arbeitgeber. Bis ich mich umsah, verrichtete ich seinen Part des Teamworks, ohne dass ich mir dessen gleich bewusst geworden war. Er hatte mich von Anbeginn in sein Wirken mit involviert, ob als Handlanger, Sekretärin, Buchhalterin, Mädchen für alles etc....Viel zu spät bemerkte ich diese unglücklichen Umstände, dass ich bereits in ganz jungen Jahren die Rolle der Mutter übernommen und zu einer ewig gebenden und verzeihenden Person geworden war. Aus psychologischer Sicht ließe sich bestimmt auch ein in der Art Opfer- Täterprinzip konstruieren.

Jedenfalls kannte ich niemand außer ihm, der so intensiv nach einer Alternative für eine geregelte Arbeitszeit suchte. An Ideen und auch an Durchsetzungsvermögen mangelte es bei ihm nicht. So wurden Rennveranstaltungen, Oldtimer-Märkte, spezielle Auktionen und dergleichen, eben Veranstaltungen, die sich nur einmal oder höchsten zweimal jährlich rekapitulierten, zu seinem Genre. Ein gutes Jahreseinkommen damit zu erzielen klappte oft, doch nicht immer und die Zugewinngemeinschaft schmälerte so manches Mal die gemeinsame Bilanz. Andererseits wurde auch ohne jegliches Zögern jede erarbeitete Mark in das Burggemäuer investiert. Also, das hatte ich mir noch lange nicht abgewöhnt, jede Ausgabe und jede Einnahme in DM umzurechnen. Bis zu meinem kläglichen Ende hatte ich das praktiziert. Wenn ein Camembert mit drei Euro und fünfundneunzig ausgezeichnet war, stellte ich die Überlegung an, ob es je einen Menschen gegeben hätte, der diesen kleinen Käse für sieben Mark und neunzig gekauft hätte. Unglaublich, diese Explosion der Lebenshaltungskosten.

Atomkraft nein Danke! Wollte ich nicht schon längst meinen Strom von einem Ökostrom-Anbieter beziehen und sehe ich nicht gerade in meiner Wohnung verschwenderisch viele Lichtquellen scheinen? Das Wohnzimmer ist taghell beleuchtet, mein Büro sowieso, der PC ist eingeschaltet und es läuft der Fernseher. Sogar aus dem Badezimmer sehe ich Licht schimmern. Habe ich mich nicht zu Lebzeiten für einen Energiesparer gehalten und deckte sich das überhaupt mit meinem tatsächlichen Verhalten? Und habe ich nicht erst neulich auf der Website von Greenpeace gelesen und mich schrecklich darüber aufgeregt, dass Atomstrom nicht nur die gefährlichste, sondern eben auch die teuerste Stromerzeugung überhaupt sei? Jede Kilowattstunde wird angeblich mit vierkommadrei Cent subventioniert und somit wird der Verbraucher schamlos belogen und de facto zweimal zur Kasse gebeten. Einmal über die hohen Stromkosten auf seiner Rechnung und zum anderen über seine Steuergelder. Für Windenergie wird zum Beispiel nur ein Bruchteil als finanzielle Hilfe bereitgestellt. Freilich hatte ich, wo es nicht gerade auf so gute Sicht und Ausleuchtung ankam Sparlampen montiert, aber anfreunden konnte ich mich nie mit diesen Lichtern, mit denen man durch anknipsen ein Wohnzimmer visuell in eine Gruft verwandeln konnte. Im Augenblick würde mir ja so ein Grablicht genügen, denn beim Sturz rücklings von meinem wackeligen Drehstuhl habe ich höchstwahrscheinlich die Schreibtischlampe mit nach unten gerissen und sie scheint im Gegensatz zu mir heil geblieben zu sein. Es ist eine einhundert Watt- Birne, jaaa, ich kaufte ein paar Dutzend zum Vorrat, die mir jetzt direkt ins Gesicht scheint und zumindest die Körpertemperatur dort nur langsam abkühlen lässt. Da fällt mir doch glatt wieder die Geschichte von der Tante Anna ein, die ich an dieser Stelle noch einmal erzählen möchte. Tante Anna war die Schwester meiner Großmutter. Kinderlos geblieben, hat sie mich von Kindesbeinen an, den anderen Cousinen und Cousins bevorzugt. Alt geworden, ließ ich es ihr auch nicht an meiner Zuwendung fehlen. Als ihr Ende nahte, blieb ich an ihrer Seite. Der Tod kam spät am Abend und so hatte ich für sie gebetet und ihr die Augen geschlossen. Irgendwoher kannte ich den Brauch, damit sich bei dem Verstorbenen nicht durch die Erstarrung des Kiefers der Mund unschön öffnen kann, diesen mit einem Tuch, das vom Kinn aus zum Oberkopf gebunden wird, zu fixieren. Des Weiteren habe ich ihr die Hände auf die Brust gelegt und gefaltet. Danach habe ich Tante Anna mit ihrem Bettzeug bis zur Nasenspitze gut zugedeckt. Die Totenwache machte mich schläfrig und so ging ich ins Wohnzimmer, um auf dem Sofa ein Nickerchen zu machen. Ein tiefer Schlaf hielt mich bis zum Morgen. Die Uhr sollte noch eine Stunde vorrücken, damit ich den Hausarzt benachrichtigen könne und so betrat ich das Schlafzimmer, um nach dem Rechten zu sehen. Alles war noch so wie am Vorabend. Als ich aber das Tuch vom Kopf der Toten entfernen wollte, fuhr mir ein Schreck durch sämtliche Glieder. Tante Anna war noch ganz warm.

Mein erster Gedanke war, dass sie noch am Leben sei und sich nur nicht mehr gegen meine Attacke an einer Totgeglaubten zur Wehr setzen konnte. Wahrscheinlich würde sie mich verachten, weil sie die ganze Nacht mit hochgebundener Kinnlade verbringen musste. Der eiligst von mir herbei gerufene Hausarzt brachte Licht in diese rätselhafte Sache. Die Zimmertemperatur war für ein Totenlager etwas zu übertemperiert gewesen, außerdem hatte ich kein Fenster geöffnet und das Abdecken des Leichnams mit einem dicken Daunenbett verhinderte eine Abkühlung im üblichen Sinne. Ich glaube mich zu erinnern, es war ein Grad in der Stunde oder so, um das man nach dem Sterben abkühlt. Dass ich angesichts meines eigenen Todes ausgerechnet an Tante Anna denken muss. Also, sie war eine der Frauen, so eine, die einst Grete Weiser in ihren Filmen charakterisierte, eine richtige Tante eben. Es gefiel mir schon als Kind, wie sie den Onkel im Griff hatte. Ihr Lieblingssatz bei Tisch, mit dem sie ihren Ehegatten zurechtwies, er möge doch seinen Sättigungsgrad überdenken „Hans du bist satt" wurde bei uns in der Familie zu einem geflügelten Wort. Ihre Einkäufe beim Metzger beliefen sich auf fünfzig Gramm Wurst, für die sie der Wurstverkäuferin auch noch fachmännische Beratung abverlangte. Es kam nicht von ungefähr, dass Tante Anna ein dickes Sparbuch besaß, ein kleines Häuschen im Grünen und vor der Türe ein knallrotes Karmann Ghia Cabriolet. Einen Führerschein besaß Tantchen nicht. Dafür aber der Onkel Hans, doch der kam nur zum Einsatz, wenn Tante Anna als Co-Pilotin neben ihm auf dem Beifahrersitz Platz nehmen durfte. Es war dem Onkel nicht erlaubt, den Wagen alleine zu fahren. Ich bin überzeugt, er hätte es am Ende auch gar nicht mehr wollen, denn er fühlte sich ihr gegenüber absolut weisungsgebunden und wäre höchstwahrscheinlich ohne ihre Instruktionen weder bei der Bedienung der Gangschaltung, noch im Straßenverkehr mehr alleine zurechtgekommen.

Ob sie es mir wohl verzeihen wird, dass ich ihr Häuschen verkauft habe?

Millennium

Im achten Jahrsiebent eines Menschenlebens stellen sich im Regelfall zwei bedeutende Reifungsprozesse ein. Zum einen soll der Gipfel der geistigen Entwicklung, der Lebenserfahrung und Umsichtigkeit mit neunundvierzig beginnend, im sechsundfünfzigsten zu seiner höchsten Entfaltung gelangt sein. Daraus resultiert auch die These, dass es fatal wäre, unter neunundvierzig an zu große Macht und Verantwortung zu gelangen, denn von jugendlichen Heißspornen ohne Erfahrungswerte fürchtet man nur Unheil. Dieses Richtmaß scheint in der heutigen Zeit keine Gültigkeit mehr zu haben. Nicht nur, dass unsere Politiker immer jugendlicher werden, auch die leitenden Positionen in allen wirtschaftlichen Bereichen werden zunehmend von jungen Menschen getragen. Burnout nennt man die emotionale und körperliche Erschöpfung, einher-gehend mit einer reduzierten Leistungsfähigkeit aufgrund beruflicher Überlastung. Dieses Syndrom könnte in Folge von mangelnden Führungskompetenzen, bedingt durch die fehlenden Entwicklungsjahre bei Menschen auftreten, die vorzeitig, quasi ohne die Reife, zu der man nur langsam und in Gelassenheit gelangen kann, in Machtpositionen wirken müssen.

Übrigens mit der Redensart „ *die Schwaben werden mit vierzig klug*" rühmen sich diese sprichwörtlich ihrer Lebendigkeit und Frühreife.

Wenn man von einer fundamentalen Zufriedenheit absieht, auch dass ich mich zunehmend ausgeglichener fühlte und in mir ruhen konnte, gab es bei mir keine gravierende Zunahme von geistigen Kräften zu verbuchen, synonym der anderen wichtigen Entwicklungsperiode, welche man trivial auch Wechseljahre nennt. Klimakterium praecox würde man ein vorzeitiges Einsetzen des Klimakteriums aus medizinischer Sicht benennen, das mich kurz und schmerzlos schon im zweiundvierzigsten Lebensjahr ereilte und nicht wie alle anderen Menschen erst mit fünfzig. Unbelastet dagegen konnte ich als stiller Beobachter die Hitzewallungen und Gemütszustände verfolgen, mit denen sich meine weibliche Umgebung oft selbst im Wege stand. Durch die hormonelle Umstellung sind schon die stabilsten und robustesten Naturen aus dem Gleichgewicht geworfen worden. Übrigens, dieses Naturereignis ereilt auch die Männer! Durch einen Androgenrückgang beim alternden Mann kann es durchaus zu seelischen und charakterlichen Störungen kommen. Aus einem bislang braven Familienmenschen wird ein Psychopath, ein Hypochonder, ein im zweiten Frühling Erwachender. Wäre ich vielleicht mit meinem mir Angetrauten nachsichtiger gewesen, hätte ich gewusst, dass Männer auch an einem

Wendepunkt ankommen, dass es für sie ebenfalls gilt, Krisen durchschreiten zu müssen? Ich glaube nicht. Wie diese männliche Midlife- Crises und die Abnahme des Testosteronspiegels auch verlaufen mag, mit einem abnehmenden Fortpflanzungstrieb hat es jedenfalls nicht viel zu tun.

Eigentlich kann ich auf ein gesegnetes und gnadenreiches Leben zurück blicken. Wenn meine Gesinnung auch manchmal Unzufriedenheit signalisierte, so war ich mir doch dem Wohlwollen, der Gunst Gottes bewusst, durch die meine Familie, und die Menschen, die mir nahe standen, vor Unheil bewahrt geblieben sind. Oft genug war ich aufmüpfig, wo eher Demut angebracht gewesen wäre und häufig war mein Verlangen größer als meine Dankbarkeit, meine Schwächen unausgeglichen gegenüber meinen Stärken. Eine überaus menschliche Anwandlung, die man mir vielleicht demnächst vor Augen führen wird.

Ich bat um Kraft,

etwas leisten zu können.

Ich bat um Gesundheit,

um damit Größeres zu tun als bisher.

Ich bat um Reichtum,

mich und andere damit glücklich zu machen.

Ich bat um Macht und Ansehen,

im Ruhm der Menschen menschenwürdig zu handeln.

Ich erbat alles,

um mich des Lebens zu erfreuen.

Ich bekam nichts von dem, was ich erbat,

und doch mehr, als ich erhofft hatte.

Unausgesprochene Bitten hat er mir erfüllt

und mich mit ungekannten Gaben gesegnet.

(Quelle unbekannt)

Mehr als auf alles andere achte auf deine Gedanken, denn
sie bestimmen dein Leben.

Dieser Lebensweisheit aus unbekannter Quelle kann man durchaus vertrauen. So gesehen werden Gedanken zur Realität und diese Erkenntnis missachtete ich dadurch, dass ich an eingefleischten Verhaltensmustern festgehalten und mich nur allzu oft meinem vermeintlichen Naturell zugeordnet, negativ und für alles Gute abträglich verhalten hatte. Ich erweckte in mir selbst die Vorstellung wie es ist, unglücklich zu sein, anstatt dem Bewusstsein mit positivem Gedankengut auf die Sprünge zu helfen. Der Mensch beklagt die Dornen an den Rosen, an Stelle sich an der Blütenpracht zu erfreuen, welche die Dornen zieren. Theoretisch hätte ich schon gewusst mit welchen Autosuggestionen vieles leichter erreichbar gewesen wäre, doch in der Praxis waren die Macht der Gewohnheit und meine Melancholie einfach stärker geblieben. Zumindest bis zu jenem Tag, an dem mich eine männliche Stimme am Telefon aus meinem Dornröschenschlaf erweckte. Der Klang, die Tonlage ließen mich leicht ins stottern geraten. Mein Name ischt.....und er war mir keinesfalls unangenehm, der schwäbische Dialekt. Der Anrufer wollte eigentlich meinen Mann sprechen, gab sich aber in diesem Moment auch mit mir zufrieden. Es folgten noch etliche Telefonate rein geschäftlicher Natur, aber nicht ohne ein gewisses knistern in der Leitung. Ein persönliches kennen lernen fand bei einer Motorsportveranstaltung eigens für Oldtimer-Motorräder statt, die von meinem Mann organisiert wurde. Hinter einer wohlklingenden Stimme stand ein sympathischer älterer Herr. Es war ein aufregendes Wochenende und es war offensichtlich, dass jeder von uns, im Trubel der Menschenmassen immer wieder die

Nähe des anderen suchte. Bald darauf erfolgte eine offizielle Einladung auf die Burg. Verschiedene Honoratioren aus dem Motorradsport, Presse, und so weiter und so fort waren zu Gast. Eine gute Gelegenheit für mich, meine Kochkünste vorzuführen. Die angenehme Stimme kam zu mir in die Küche und ließ, noch bevor ich meine Aufgeregtheit zu verbergen vermochte, schlicht und einfach die Hose herunter. Er zeigte mir eine Verletzung auf einer seiner Pobacken, die er sich bei einem Sturz auf der Rennbahn zugezogen hatte und die nach der langen Anfahrt eben jetzt hätte versorgt werden müssen und so wechselte ich ihm halt zwischen dem Hauptgang und dem Dessert den Verband. Er lobte mein Essen über den Schellenkönig und ich fasste mir Mut und bekräftigte, dass mir die heil gebliebene Backe extrem gut gefalle. Nach diesem Wochenende kaufte ich mir mein erstes Handy, bis dato von mir als Fortschritt verweigernd strikt abgelehnt. Nach einer Woche bin ich im SMS schreiben so schnell gewesen wie kein anderer. Monatelang teilten wir uns über diesen Short Message Services mit, was wir eben gemacht haben oder im Begriff waren zu tun. Den Worten sollten Taten folgen und es begann eine wunderbare Liaison, die mir zu diesem Zeitpunkt als recht zukunftsträchtig erschien.

Bei der Jahrtausendwende angekommen, entsinne ich mich noch an das Versprechen der Industrienationen, die der Armut und dem Hunger auf dieser Welt begegnen wollten, um ihn in einem Zeitraum von zehn Jahren zu halbieren. Nullkommasieben Prozent des Bruttoinland-Produktes wurde den Ärmsten der Armen versprochen um lobenswerte Ziele erreichen zu können, die man sich nicht oft genug vor Augen halten kann, denn immer noch stirbt alle sechs Sekunden ein Kind des Hungers. In weiteren Punkten galt es die Frauenrechte durchzusetzen, die Müttersterblichkeit in den Griff zu bekommen und um die Bekämpfung von übertragbaren Krankheiten. Im Visier hatte man auch die Hilfe zur Selbsthilfe, nämlich den Aufbau einer sinnvollen Entwicklungspartnerschaft, die nichts, aber auch gar nichts mit irgendwelchem genmanipuliertem Saatgut zu tun haben dürfte. Es galt eine nachhaltige Hilfe in ökonomischen Bereichen sicher zu stellen und nicht durch irgendwelche Agrar-Grossisten wie den Firmen Santos und Co eine Abhängigkeit zu schaffen, welche den Empfängern der Entwicklungshilfe einmal ein finanzielles Desaster bescheren und ihre Armut noch weiter voran treiben werden. Doch wen hat das zehn Jahre später noch groß gekümmert? Ganz beiläufig wurde festgestellt, dass die Millenniums-ziele bislang leider nicht erreicht werden konnten. Mein Millennium bestand darin, einen kleinen Kreis von Freunden zu bewirten und dem denkwürdigen Tag ein überflüssiges Gedicht zu widmen.

Ein Mensch wie du und ich
zur gleichen Zeit geboren,
wie du und ich, auch auserkoren,
das Jahrtausend zu begrüßen,
er möcht' es ausgiebig genießen
das Millennium- Spektakel als Zaungast in der Stunde Null.
Wenn hoch am Himmel Blitze schweifen,
sternspeiend dreh'n sich goldene Reifen,
wenn knallend Frösche um sich springen,
Sektflaschen spritzen, Gläser klingen,
wenn Potz und Blitz und Donnerschlag
begrüßen diesen ersten Tag,
ja, das ist einmalig im Leben,
das wird es kein zweites Mal geben.
Der Mensch, der sonst liebt seinen Schlaf,
zu Bette geht mit Huhn und Schaf,
als Früheinschläfer gilt kurzum,
wartet auf das Millennium.
Er sitzt da mit seinem Punsche
Und ist recht glücklich ohne Wunsche.
Der Mensch vom Glücke ganz besessen,
hat leider wichtiges vergessen,

dass ihn der Schlaf oft übermannt,
obwohl die Sache ihm bekannt.
Das Gläschen Punsch drückte ihm wieder
um elf Uhr zu die Augenlider.
Ein Feuerwerk so bunt und schön,
einmalig war es anzuseh'n,
so protzig war es nie vorher,
ein neues Jahr, es kam daher.
Null – Null schreibt man ab dieser Stunde,
ihr Menschen hört die frohe Kunde,
ein Jahrtausend ist geboren,
dem Mensch kam es noch nicht zu Ohren.
Im Sessel kauernd- hängenden Kopfes
bot er den Anblick eines Tropfes,
der das Spektakelum versäumt,
womöglich hat er nur geträumt,
oder er schnarchte traumlos nur,
als sie zwölf schlug, die Kirchturmuhr.
Bedauernswert der arme Wicht,
denn die Moral von der Geschicht :
Nur all zu leicht ertrinkt ein Wunsch,
bereits in einem Gläschen Punsch.

Für Feuerwerkskörper hatten wir kein Geld verschwendet. Seit wir eine Lebensgemeinschaft mit unseren Tieren, nämlich Pferden, Hunden, Katzen und Hühnern eingegangen waren, sorgten wir dafür, dass jene die Silvesterknallerei, sowie die Böllerschüsse der freiwilligen Feuerwehr zu bestimmten Jahresfesten möglichst unbeschadet überstehen konnten. Im Pferdestall mit seinem Heuboden wurde jede Luke geschlossen, um jegliche Brandgefahr zu mindern. Für Hund und Katze war im Hause kein Schlupfwinkel tabu und so fand man sie geschlossen unter meinem Bett wieder, bis auf Flori, meine schwarze Lieblingskatze, sie lag obenauf, wie sonst auch, mitten auf dem Kopfkissen. Selbst der Hühnerstall erfuhr durch zusätzlich eingebrachte Strohballen eine kanonenschlagsichere Lärmschutzdämmung.

Meine Großmutter, die ihren Ältesten um etwas mehr als sechs Jahre überleben durfte, entledigte sich dieser Bürde, indem sie im neuen Jahrtausend seelenruhig und gefasst diesem Erdendasein entschlief. Eine leichte Altersdemenz half ihr den Kummer um den Verlust des Kindes einzugrenzen. Ansonsten war sie für ihr hohes Alter beneidenswert unverbraucht und faltenfrei. Der Tod meines Vaters brachte Unordnung in die bemerkenswerte Familienchronik, in der bis dahin eine geregelte Aufeinanderfolge der Dinge passierte. Oma hat mit zwanzig Jahren ihren ersten Sohn geboren, der wiederum sorgte in seinem zwanzigsten Lebensjahre für meine Geburt, damit ich zwei Tage nach meinem zwanzigsten Geburtstage meine älteste Tochter auf die Welt bringen durfte. Mit kleiner Verzögerung stellten sich dann Großmutters Ur-Ur-Enkel ein. Es existieren tatsächlich Bilder, auf denen fünf Generationen fröhlich in der Runde sitzen, denn das Kommen und Gehen passierte bis dato in einer Gesetzmäßigkeit.

Nicht nur der Übergang in ein neues Jahrtausend war eine einmalige Angelegenheit in meinem Leben, sondern auch die totale Sonnenfinsternis am elften August neunzehnhundertneunundneunzig. Ausgerüstet mit den entsprechenden Sonnenfinsternisbrillen, mit denen man das Tagesgestirn unbeschadet beobachten konnte, machte sich ganz Deutschland auf die Suche nach einem geeigneten Plätzchen, um diesem Ereignis entgegen zu sehen, aber eine dichte Wolkendecke verhinderte vielerorts den Blick gen Himmel. Es war wirklich eine gute Idee von meinem Mann, mit dem Boot mitten auf dem Chiemsee einen Logenplatz für dieses Schauspiel zu belegen. Kein Wölkchen trübte uns die Sicht auf die Korona. Dieses Spektakel wird Deutschland erst wieder in zweiundachtzig Jahren ereilen und deshalb eine Einmaligkeit in meinem Leben bleiben.

Obwohl ich mich nie zu den Sammlern zählen konnte, die sich von nichts zu trennen vermochten, gab es doch eine Schublade, die so manches Dokument einer längst vergangenen Zeit beherbergte. Kurz bevor sich der Geburtstag meiner einzigen Jugendfreundin zum fünfzigsten Male wiederholte, zog ich die Lade vollends aus dem Kasten und stülpte den gesamten Inhalt auf dem Tisch aus. Zwischen Kondolenzkarten, Geburtstagswünschen, Büroklammern, verjährten Taschenkalendern, ungespitzten Bleistiften, Kerzenstummeln und leeren Batterien kam er zum Vorschein. Ein Brief aus längst vergangenen Kindertagen, geschrieben von einer gewissen Frau Mehlwurm und adressiert an die vornehme Frau Kranzschwein. Der Vater meiner Freundin war Bühnenbildner im städtischen Opernhaus und freischaffender Künstler gewesen und der Dachboden seines Hauses barg märchenhafte Schätze für zwei fantasievolle Mädchen, wie uns beide. Elegante Hüte, Kleider zum kostümieren, Stöckelschuhe, Theaterkulissen und andere unverzichtbare Kostbarkeiten, um als Kind in eine Märchenwelt eintauchen zu können. Ab einem bestimmten Tag, wir durften uns vielleicht gerade ABC-Schützen nennen, wurde aus uns die elegante Frau Mehlwurm und die vornehme Frau Kranzschwein. Unser Spiel war so umfassend und begeisternd, dass wir diesen Namen behielten, bis zu dem Tag, der unsere Wege trennte. An ihrem fünfzigsten Geburtstag legte ich meinen Segenswünschen ein Briefchen, ein Relikt aus wunderschönen Kindheitstagen bei und erweckte so die beiden Charakterdamen wieder zum Leben.

Von dem meisten Krempel aber, der sich im Laufe eines Lebens so anhäuft, hatte ich mich längst entledigt. Eine Verbundenheit mit Dingen zu entwickeln fand ich in diesem Moment absurd, in dem ich erfahren musste, dass durch Wegnahme von gewohnter und geliebter Materie leicht ein Fiasko, eine menschliche Tragödie entstehen kann. Diese Erkenntnis wurde mir in einem Alten- und Pflegeheim zuteil, in welches ich meine Mutter brachte, nachdem sich das Zusammenleben mit ihr immer schwieriger gestaltete. Meine Psyche war deutlich angeschlagen und ich war den körperlichen Belastungen bei der Pflege nicht mehr gewachsen und deshalb schob ich alle Bedenken zur Seite und entkräftete alle guten Vorsätze, kein Elternteil jemals in ein Heim zu stecken. Eigentlich war es halb so schlimm, wie ich mir das vorgestellt hatte, ich meine damit den Umzug meiner Mutter von meinem, also auch ihrem Zuhause, in ein Seniorenheim. Meine Mutter befand sich damals durch eine Multimorbidität auf einem Leidensweg, der unbeschreiblich für sie, aber auch für mich gewesen war. Dazu kam, dass sie plötzlich meine Hilfe für die notwendigen Körper pflegenden Maßnahmen kategorisch abgelehnt hatte. Zu einem späteren Zeitpunkt ließ sich der Grund dafür erahnen. Es war die Angst, dass ich sie aus Kräftemangel hätte fallen lassen können. Im

Heim galt ihr Vertrauen nämlich auch nicht den Schwestern, sondern schon eher dem kräftigen jungen Mann, der seinen Zivildienst in diesem Hause abzuleisten hatte. Jedenfalls war das wichtigste Instrumentarium in ihrem Zimmer, ihrem neuen Zuhause ihr Pflegebett. Der Rest der Möblierung beschränkte sich auf einen Schreibsekretär, vor dessen ausziehbarer Schreibplatte ein unbequemer, dafür umso schönerer Armlehnstuhl stand und in dessen Schubläden und Fächern fein säuberlich gebündelt die Erinnerungen an ihr ganzes Leben Platz gefunden hatten. Es waren Liebesbriefe, Geburtsurkunden, Rentenbescheide und Sterbeurkunden. Weiter gab es einen Bauernschrank, einen Zweisitzer und einen Sessel, der elektrisch in eine Liegestellung gebracht werden konnte. Das waren nur wenige Habseligkeiten, die Muttern von ihren Leben in einem schmucken Häuschen geblieben sind. Ihre Mitbewohnerinnen ereilte häufig das Schicksal ganz anders. Nach einem Oberschenkelhalsbruch oder einem Krankenhausaufenthalt aus anderweitig schwerer Erkrankung durften die Betroffenen oft gar nicht mehr in ihre eigenen vier Wände zurück und kamen direkt zur weiteren Betreuung und Pflege in das Heim. Viele mussten mit einem möblierten Zimmer vorlieb nehmen und man hörte ein einziges Weinen und Klagen über den Verlust von liebgewordenen Gegenständen. Von Sachen eben. Der Kummer dieser Menschen hat mich derart berührt, dass ich fortan mein Herz nicht mehr an materielle Dinge hängen wollte. Bei meinem Auszug aus dem Paradies habe ich all das zurückgelassen, was mir entbehrlich erschien und das war eine ganze Menge.

So gesehen, wäre ich für den Einzug ins Altersheim gut gerüstet gewesen, aber das hat sich ja nun erledigt und die Renten- Pflege- Krankenkassen dürfen sich über mein sozial verträgliches Ableben freuen. Selten ein Schaden, wo eben nicht auch ein Nutzen dabei ist!

Das Abspielen eines Filmes passiert in einer anderen Geschwindigkeit als das Zurückspulen desselben. Genauso funktioniert mein Lebensrücklauf. In rasender Geschwindigkeit rennt das Geschehen an mir vorüber, doch dann verlangsamt sich das Tempo wieder und Ereignisse werden vor meinem inneren Auge klar und anschaulich. So die Geburt meines vierten Enkels, eines hübschen Jungen, bei dem sich, wie sich später herausstellen sollte, so manche Schwächen vom Großvater wieder finden lassen, aber eben auch seine Stärken. Ausgestattet mit nur wenig Geduld, dafür aber mit viel Fantasie und Erfindungsreichtum wird er sich auf seinen Weg machen müssen. Ich wünsche dem jungen Mann mit diesen Voraussetzungen genügend Gelassenheit und Bescheidenheit in seinem Leben, denn gelassene Menschen überstürzen nichts, drängeln nicht, treiben nicht an, denn sie wissen: kommt Zeit, kommt Rat. Nicht die großmäuligen sind die Großen im Lande, sondern die Einfachen, die Demütigen. Die Rückreise ließ mich schon die vorhergehende Geburt schauen, es ist mein drittes Enkelkind und ein Mädchen. In der

Nacht noch in der Fruchtblase auf dem Weg in die Klinik, stand sie schon beim Frühstück auf der Ritterburg im Körbchen neben mir. In ihren ersten Lebensjahren frönte sie einem Prinzessinnen- Dasein ohnegleichen und zwar mit allen Accessoires, die dazu nötig waren. Diesem Spleen längst entsagt, wird sie mit Gottes Segen auch ohne einen großmütterlichen Rat ihren Weg machen. Ganz bestimmt.

Auf meinem Retourweg sehe ich mich gerade übermütig auf meinem fünfzigsten Geburtstag tanzen. Alle meine Freunde sind hier und schwingen das Tanzbein nach dem Rhythmus einer Reggae-Band. Ein wirklich gelungenes Fest, obwohl mir zum feiern gar nicht so recht zumute gewesen ist, wie ich das jetzt bemerken darf. Es herrschte dicke Luft um mich herum und ich sehe einen notorischen Miesmacher an meiner Seite, dessen Wohlwollen mir längst nicht mehr galt.

Mamutschka hat sich inzwischen die Pflegestufe drei unter höllischen Schmerzen erarbeitet. Eine Osteoporose, die schon als sehr fortgeschritten zu bezeichnen war und sie in den Rollstuhl verbannte und außerdem eine Verabreichung von Opiaten notwendig machte, ein Tumor an der Wirbelsäule, den man allerdings als eine Metastase eines unauffindbaren Primärtumors diagnostizieren konnte und obendrein eine Demenzerkrankung, deren Stand man nicht ohne weiteres erkennen konnte, eben wegen der Opiate, welche die Schmerztherapie beinhaltete, führten zu diesem Ergebnis. Es war nicht leicht für mich, so untätig zuschauen zu müssen, wie langsam aber stetig ihre Fähigkeiten und ihre Talente den körperlichen Gebrechen weichen mussten. Trotzdem erlebte sie jeden Augenblick sehr intensiv, freute sich über meine Anwesenheit, bedankte sich für jeden Handgriff, der für sie bestimmt war und verfügte noch über einen gesegneten Appetit. Manchmal hatte es den Anschein, dass meine Lebensfreude durch ihre Krankheit mehr getrübt war als die ihrige. In dieser Zeit gab es auch wirklich noch viele heitere Momente, die eben an mir vorüber ziehen. Mama hatte am Tag mindestens hundertmal den Inhalt ihrer Handtasche ausgestülpt und eine Bestandsaufnahme gemacht, mit dem Lippenstift Muster auf das Kopfkissen aufgebracht, die Blumenvase in die Handtasche gesteckt und den Nachmittagskaffee in die Nachttischschublade gekippt. Ihre Fantasie war von mir schon ein bisschen gefürchtet, aber wirklich nachtragen konnte man ihr nichts, weil sie so ein sonniges Gemüt hatte und doch mehr erbauend, als anstrengend gewesen ist. Immer war man auf der Suche nach ihrem Portmonee, ihrer Brille, ihren Zähnen...

Er war in der Nacht als Lady Diana starb. Meine Mutter wurde von einer gewaltigen Schmerzattacke heimgesucht. Schubartig und in immer kürzeren Abständen befiel diese

Marter ihren Körper. In diesem Zustand konnten ihr keine Schmerztropfen mehr helfen und der hinzugezogene Notarzt wies sie ins Klinikum ein. In dieser Nacht verringerte sich ihre Körpergröße sichtbar, bedingt durch Wirbeleinbrüche, eine Folge der Osteoporose. Ich blieb solange bei ihr, bis die Infusion in ihrem Körper wirkte und sie in einen tiefen Schlaf gefallen war. Selbst völlig erschöpft von den Ereignissen hörte ich am Nachhauseweg in den Nachrichten von den Geschehnissen um Dodi Al Fayed und Lady Di. Ich weiß noch, dass ich über den Tod der jungen Menschen sehr betroffen gewesen bin.

Die Burg wurde zur Baustelle. Ein Nebengebäude, besser gesagt der Marstall des Anwesens   erfuhr eine Grunderneuerung. Einsturzgefährdet wurden dem historischen Mauerwerk etliche Zuganker verpasst und es dadurch von seiner Schieflage befreit. Gewölberäume wurden abgestützt, aufgemauert, getäfelt und mit amerikanischem Whirlpool versehen. Alte Dielen wurden geschliffen, Balken bearbeitet, Andreaskreuze freigelegt, Decken eingezogen, eine noble Küche eingemauert und eine beträchtliche Briefgrundschuld in Mutters Häuschen eingetragen. Unterhalb der Wohnräume befanden sich eine großzügige Werkstatt, einst der Kutschenunterstand im ehemals gräflichen Anwesen, aber zurzeit zur Restaurierung von Oldtimern zweckbestimmt. Der Umzug vom Haupthaus in den Marstall war vorbereitend auf eine Verpachtung des gastronomischen Teils der Anlage passiert, nachdem mir die Zuwendung für Mamutschkas Pflege weder Raum noch Zeit für meine geschäftlichen Belange ließ.

Geburt und Tod

Es ist schon ein Kuriosum, dass der Mensch sich in jedem Alter auf dem Höhepunkt seines Lebens wähnt. Von meinem zweiundvierzigsten bis zu meinem neunundvierzigsten Geburtstag spürte ich mich in ganz besonderer Weise als Mittelpunkt meiner kleinen Welt, als Zentrum meines Blickfeldes und außerdem konnte ich in diesem Lebensabschnitt das biologische, sowie das kalendarische Alter noch vollkommen außer Acht lassen. Vom psychologischen Alter ganz zu schweigen, das spielte überhaupt noch keine Rolle. Ich konnte mir damals tatsächlich ein Maximum an Leistung abverlangen, wovon ich zehn Jahre später nur noch träumen durfte. In diesem Zeitraum hatte ich mir selbst noch sehr viel zugetraut und auch auf die Beine gestellt. Mein Aufgabenbereich gestaltete sich so vielschichtig und ich war mit großer Freude dabei. Allerdings gehörte in diese Zeit auch wieder Anfang und Ende, Geburt und Tod. Letzterer hat mir zum Ende dieser Lebensstufe meinen Vater genommen.

Es war nicht nur die Trauer um Papa, die meine Mutter Dinge tun ließ, die man genauer betrachtet als nicht „ganz normal" ansehen konnte. Sie klingelte zum Beispiel um vier Uhr morgens die Nachbarn aus dem Bett und bezeichnete sie als Langschläfer. Einmal wollte sie etwas, das ihrer Ansicht nach nicht in das Biotop gehörte aus dem Wasser fischen und stürzte dabei kopfüber hinein. Sie verfing sich so sehr im Schilf, dass sie sich ohne fremde Hilfe nicht mehr hätte befreien können. Obwohl sich Ereignisse dieser Art häuften, dachte ich nicht im Traume daran, dass es für meine Mutter der Beginn einer Reise in die Vergessenheit werden würde. Ich hatte Mamutschka mit zu mir nach Hause genommen.

Sonnengebräunt aus dem Skiurlaub zurück ereilte Dad die schreckliche Diagnose: Krebs! Mit sechsundsechzig Jahren fängt wohl das Leben nicht mehr für jeden an, es kann auch ein Anfang vom Ende werden. Wir, das heißt die ganze Familie, wollten es zu Beginn nicht glauben, dass sich in diesem gut aussehenden Mann ein Lungenkarzinom breit gemacht hatte, das seine Zukunft auf ein Minimum zu reduzieren in der Lage gewesen war. Trotz Operation schrumpfte seine Lebenserwartung auf plus - minus ein Jahr zusammen. Das war eine klare Diagnose und eine eindeutige Aussage gewesen, trotzdem wagte es niemand mit Papa über das Sterben und den Tod zu sprechen. Dieses Thema war bis zum letzten Atemzug für ihn tabu, als würde er sich dafür schämen, dass er uns für immer verlassen wird. Kurz nach der Operation könnte es auch die Überzeugung gewesen sein, wieder zu genesen und somit dem Boanlkramer (Knochenhändler), wie man in Bayern den Gevatter Tod nennt, noch eine Weile vertrösten zu können. An seinem Todestag, exakt ein Jahr nach der OP, ich bin an seinem Bett gesessen und habe seine abgemagerte Hand gehalten, tat er noch kund, er sei zu schwach zum sprechen. Abgekämpft von der vergangenen Nacht, in der er keine Ruhe finden konnte, von Schmerzen überwältigt, obwohl ich ihm stärkste Schmerzmittel verabreichen durfte, hauchte er ein: „also los"! Angesichts der Tatsache, dass ein baldiges Dahinscheiden nicht mehr zu verbergen gewesen war, deutete ich das „also los" als eine Aufforderung zum Gebet. Er schüttelte sein Haupt und flüsterte leise: „ waschen"! Es war ihm also wichtig, frisch gewaschen zu sein, wenn es auf die Reise ging um das göttliche Erbe anzutreten. Sein Abschied von dieser Welt wurde derartig überschattet durch die unerbittliche Härte dieser leidvollen, irdischen Bedingungen des Krankseins. Nachdem ich alle Utensilien für eine Katzenwäsche bereitgestellt hatte, begann ich vorsichtig mit der Waschung des schmerzempfindlichen Körpers. Es ist ein kalter, aber klarer Wintertag gewesen und die Sonne schien durch das große Fenster in die Wohnstube, in der Papas Krankenlager aufgebaut war. Der Mensch benötigt ja nur noch wenige Utensilien in diesem Lebensstadium. Ein Pflegebett mit einer so genannten Dekubitus-Matratze, mit der man einem Wundliegen entgegenwirken kann, ein Sauerstoffgerät, um Erleichterung zu schaffen und einem Nachtstuhl, der längst durch eine Bettpfanne ersetzt werden musste. Die Morgentoilette machte uns beide Mühe. Zaghaft und unsicher hatte ich sein Gesicht und den Oberkörper gewaschen, dabei spürte ich, wie ihm jede Berührung Unbehagen bereitete und trotzdem gab er mir zu verstehen, mit der Reinigung fortzufahren. Ganz vorsichtig lupfte ich das Kopfkissen, um seinen Körper in eine Seitenlage zu bringen. Unterstützend legte ich meine Hand unter seinen Kopf, oder besser gesagt, seinen Kopf in meine Hand. Er fühlte sich an, wie der Kopf eines Kindes. Dann schob ich noch den Pyjama nach oben, um seinen Rücken zu erfrischen, da veränderten sich plötzlich Papas Atemgeräusche in tiefe Seufzer, gefolgt von einem sehr langen Ausatmen. Danach diese Stille. Er hat nicht wieder Luft geholt, er starb, während ich seinen Kopf in meinen Händen hielt.

Solange ich denken kann, war Papas Gesicht gleichsam von der Sommer- wie der Wintersonne übermäßig gebräunt, doch die Strapazen in den letzten Wochen hatten es gezeichnet. Die Nase stand weiß und spitz im fahlen Antlitz. So abgemagert es auch war, schien es mir jetzt recht zufrieden und vom Leiden befreit zu sein. Ganz vorsichtig bettete ich sein Haupt in das Kissen zurück und schloss ihm durch leichtes antippen seiner Oberlider die Augen.Ich zündete eine Kerze an und las, nachdem ich auf eigene Worte gerade keinen Zugriff hatte, ein Gebet aus dem evangelischen Gesangbuch, das ich unter der Rubrik: Gebete aus besonderem Anlass, mit der Überschrift „Nach dem Sterben" fand. Mamutschka hatte das Geschehene noch gar nicht so richtig realisieren können, als Großmutter zu ihrem allsonntäglichen Besuch eintraf und mit ihr die Schwester vom Pflegedienst, welche ansonsten mit der Morgenwäsche von Papa betraut gewesen war. Sie überblickte sofort die Situation und hatte sich der Großmutter angenommen, die sich in Anbetracht des toten Sohnes sofort in laute Wehklage einstimmte.

Unter Ausnutzung der gesetzlichen Möglichkeiten durfte Papa noch zwei Tage und zwei Nächte in seinem ach so geliebten Zuhause bleiben. Die Familie und die Freunde konnten so ganz persönlich von ihm Abschied nehmen. Für mich war es eine Genugtuung zu sehen, wie das Leben pö a pö dem Körper entwich und am Ende dieser leblose Mensch nichts mehr von dem beinhaltete, was ihn noch kürzlich ausmachte. Jegliche handfeste Struktur verlor ihre Ordnung und zurück blieben die elementaren Teilchen, die biologischen Gesetzen folgend nun nach ihrer Verwesung trachteten.

Trotzdem war es ein schrecklicher Moment, als Papa in den Sarg gebettet wurde und noch schrecklicher war das schließen desselben. Es tat mir so unendlich leid für ihn, dass ihm ein langer Lebensabend verwehrt geblieben war. Ausgerechnet ihm!

In nachfolgender Zeit hatte ich mich immer wieder bei der Beobachtung von älteren Männern ertappt, die noch im greisen Alter aktiv unterwegs gewesen sind, oder gar einen Platz in Papas Lieblingscafe besetzten, jenen galt unverhohlen meine Missgunst und ich spürte in mir regelrecht Hassgefühle.

„Es wird gesät verweslich und wird auferstehen unverweslich. Es wird gesät in Unehre und wird auferstehen in Herrlichkeit. Es wird gesät in Schwachheit und wird auferstehen in Kraft. Es wird gesät ein natürlicher Leib und wird auferstehen ein geistlicher Leib. Ist ein natürlicher Leib, so ist auch ein geistlicher Leib. – Und wie wir getragen haben das Bild des irdischen, also werden wir auch tragen das Bild des himmlischen. 1.Kor.15,42-44, 4

Ich kann das nicht! In dieser Reihenfolge hätte mein Vater niemals diese Worte ausgesprochen. Er war ein richtiger Tausendsassa und es gab nichts, gar nichts, was er nicht zu bewerkstelligen in der Lage gewesen wäre. Die Liste der Dinge, die er mir im Laufe seines Lebens gerichtet, erneuert, geplant, repariert, aufgebaut und gewartet hatte, war so lang, dass sich spielend daraus eine Heimwerkerfibel hätte konstruieren lassen. Ich schätze, er dreht sich bereits im Grabe um, seine einzige und geliebte Tochter an den Folgen wackeliger Rollen an einem Bürostuhl tödlich verunglückt zu wissen.

Dank seiner vielseitigen Talente endeten für meinen Vater die Besuche bei mir meist in einer Arbeitsbeschaffungsmaßnahme, die ihm praktisch ein müßiggängiges

Dasein ersparte. Er war bis zu dieser schrecklichen Diagnose bei mir permanent als Fachmann für Sanitäres, Elektrisches und Hölzernes im Dauereinsatz. Er verrichtete seine Dienste bei mir solange, bis seine Schwachheit meine Unterstützung für ihn als Krankenschwester erforderlich machte. Was hat dieser Mann bis zu diesem Zeitpunkt nicht alles geleistet. Durch seinen unermüdlichen Einsatz durften sich inzwischen die Burg und das außen herum an einem passablen Zustand erfreuen. Die Bande in der heruntergekommenen Reithalle waren erneuert, große Tore wieder gangbar gemacht, der Zaunbau der Pferdekoppeln beendet, der Wasserlauf und das Pumpwerk auf der Insel des Biotops instand gesetzt, knarrende Dielen ersetzt, morsche Bäume gefällt, wuchernde Rebengewächse zurecht gestutzt, verrostete Rohre ausgetauscht, alles Verwahrloste erhielt ein neuwertiges Erscheinungsbild und das alles hatte Hand und Fuß und nicht zuletzt auch noch ein Gesicht. Durch seine akribische Vorgehensweise erschuf er an dem historischen Gebäude einen hochwertigen Reparaturstatus, dem allerdings die Arbeitswut seines Gegenspielers in einer derartigen Divergenz entgegen wirkte, dass er oft richtig darunter zu leiden hatte. Dieser Kontrahent war kein anderer als mein Schwiegervater gewesen. Der hatte zweifelsfrei auch seine Talente, die sich aber nicht im Geringsten mit denen meines Vaters auch nur im Ansatz zu decken vermocht hätten. Wollte man auf die Schnelle irgendeinen Gegenstand gerichtet wissen, war man mit Schwiegervater an der richtigen Adresse.

Wie gesagt, ein Meister der Improvisation, wenn oft auch nicht anschaulich und wenig haltbar im Ergebnis. Das lag vielleicht auch daran, dass sich in seiner Werkzeugkiste weniger Dübel und Schrauben, aber jede Menge Nägel befanden. Obwohl Papa mit den bedeutsamsten Aufgaben betraut wurde, die eine meisterliche Hand erforderten, schielte er doch auf die niederen Arbeiten seines Gegenspielers mit Verärgerung über den Fleiß der Unbegabten. Ein bisschen in Schutz nehmen müsste man den Schwiegervater schon, denn es war kein anderer als er, der die Außenfassade der Burg auf der Nordseite, eine dem Hang zugewandte Seite, neu verputzt und gestrichen hatte. Es brauchte schon ein unerschütterliches Gottvertrauen, um auf der von ihm selbst gebastelten Einrüstung über der abgrundtiefen Schlucht mit Eimer und Kelle zu balancieren. Gut, der Hühnerstall hätte optisch gesehen auch in Bangladesh stehen können, aber er erfüllte seinen Zweck und die Hühner beklagten sich niemals über eine Beleidigung ihres ästhetischen Empfindens, wenngleich dieses Bauwerk weder einen Zollstock noch jemals eine Wasserwaage gesichtet hatte, aber letztendlich den Stil des Architekten und Baumeisters auszeichnete. Was mich selbst im Tode noch schmunzeln lässt, ist die kleine Anekdote um Schwiegermutters Spüle. Neu eingezogen in ein altes Haus war der Spülstein für die etwas kleinwüchsige Frau definitiv zu hoch angebracht. Die Bitte, das Spülbecken der Körpergröße anzupassen, löste Schwiegervater folgender Maßen. Nachdem er sowieso gerade mit Mauererarbeiten im Außenbereich beschäftigt gewesen war und mit seiner findigen Art nicht umständlich an der sanitären Installation herumbasteln wollte, machte er mit Backstein und Mörtel einen Abstecher in die Küche und mauerte kurzerhand vor das Spülbecken ein Podest. Nur der Aufschrei sämtlicher Kinder und Kindeskinder führten, wenn auch unter Protest, zur Entfernung der Trittstufe aus Mutters Küche. Mehr Geschichten braucht es nicht, um die Kluft, die meinen Vater und meinen Schwiegervater trennte, zu erklären.

Na, jedenfalls meinten es beide gut mit uns und wir durften ihre Unterstützung erfahren, wie und wann sie nur dazu in der Lage gewesen waren.

Mein zweites Enkelkind war ein Knäblein, das mich an meinem Lebensende bereits um eine Kopfgröße überragte. Ein ruhiger und wohlgeratener Junge, dessen Lebensweg ich gerne noch ein Weilchen hätte beobachten wollen und ich nehme an, mir wäre viel, viel Erfreuliches dabei begegnet. Papa kam auch noch in den Genuss, seinen Urenkel in den Armen zu halten, dazu gereichte gerade noch seine verbliebene Lebenskraft. Bei der Geburt seines ersten Urenkelkindes, einem kleinen Mädchen, das ohne eigene Anstrengung, nämlich durch Kaiserschnitt das Licht der Welt erblicken durfte, waren wir ob ihrer Vollkommenheit alle entzückt. Sie lernte in Windeseile laufen und sprechen, wurde extrem schnell stubenrein und bekam ihre Zähnchen alle im Schlaf. Kurzum ein beinahe problemloses Göre, allerdings nur bis hin zur Pubertät. Ab da versuchte sie sich mit so etwas von einem Dickkopf durchzusetzen, dass es mich schwer interessieren würde, ob sie mit diesem Dickschädel ihre Träume auch einmal zu verwirklichen in der Lage sein wird. Ich wünsche es ihr so sehr.

Ich wünsche allen meinen Enkelkindern, dass sie ihre Träume leben dürfen. Es soll ihnen nie an Mut und Zivilcourage fehlen, die Dinge anzugehen, den richtigen Schritt zu wagen, ihrem Selbst zu vertrauen, niemals still zu stehen, sondern immer einen Weg suchend, der sie voran bringen wird, dass sie in bescheidener Klugheit wirken und nachsichtig und tolerant gegenüber Andersdenkenden sich verhalten können, ohne ihren eigenen Standpunkt aufgeben zu müssen. Mit Gesundheit an Leib und Seele sollen sie den Stürmen des Lebens trotzen, mit Demut dienen, dann können ihnen auch keine Wegelagerer etwas anhaben und sie werden sich mit Gottes Gnade und Segen ein Stück voranbringen.

Lass nicht außer acht die Gabe in dir, die dir gegeben ist....

1. Timotheus 4,14a

freie Übersetzung:

Wer sein Talent vergräbt, begeht einen schwerwiegenden Fehler.

Es war ein grauer Novemberabend, an dem mich mein geliebter Felix verließ. Ein Tag, der einen festen Platz in meinen Erinnerungen hatte, eine Begebenheit, die man nie vergessen konnte und die durch die Zeit auch nicht an Bedeutung verlor.

Es herrschte eine Geschäftigkeit in der Küche, Menschen wuselten hin und her und ein jeder hatte seinen Part zu leisten, damit alles reibungslos vonstatten gehen konnte, bis die Abendgesellschaft eintreffen würde. Sektempfang im Foyer, ein reichhaltiges Menü im Rittersaal, Blumenschmuck, Getränke bereitstellen und temperieren, etc….Die Bedienungen hatten mit dem Eindecken der Tafeln zu schaffen, jedoch der größte Umtrieb fand in der Küche statt. Felix stand im Weg. Er war mein treuer Begleiter und hielt sich ausschließlich in meiner Nähe auf, so bekam er ein kleines Plätzchen in der Spülküche zugewiesen, von dem aus er mich stets im Blickfeld haben und den Betrieb weder aus hygienischen, noch aus anderweitigen Gründen stören konnte. Er war alt geworden und taub, seine Augen trübe und sein Gang schwer. An diesem Tag wollte er partout nicht in seinem Körbchen bleiben. Der Hund nervt! Ich machte die Türe zum Garten auf, stupste Felix hinaus, damit er sich schon einmal mit seinem behäbigen Gang auf den Weg nach oben in unsere Wohnung machen konnte. Ich entnahm aus der Rinderbrühe rasch ein Stück Fleisch, entbeinte es und wollte Felix mit den feinen Häppchen darüber hinweg trösten, dass er den Rest des Abends ohne mich verbringen musste. Mit seinem Schüsselchen in der Hand stand ich vor unserer Eingangstüre, aber Felix war nicht da. Es ist finster und neblig gewesen, wahrscheinlich war er im Garten auf Schnüffeltour. Ihn zu rufen machte eh keinen Sinn, wie gesagt, er konnte mich ja nicht mehr hören. Ich ging einstweilen in die Küche zurück, um ihn später Einlass in die Wohnung zu gewähren, jedoch Felix blieb verschollen. Nachdem ich dreimal nach ihm geschaut hatte, überkam mich ein sonderbares Gefühl. „Das Hundchen ist verschwunden!" Ein „ach was, der kommt schon wieder", ließ ich nicht gelten. Jeder, der gerade abkömmlich war, machte sich mit Taschenlampen und Scheinwerfern auf die Suche. Vergeblich. Fünf Tage und fünf Nächte streifte ich durch die Gegend, brachte an jeder Wegkreuzung eine Vermisstenmeldung an und ließ für den Heimkehrer, trotz der herbstlichen Nachtfeuchte die Haustüre sperrangelweit offen stehen. Er kam nicht wieder. Die letzte Berührung, die ich mit meinem treuesten Freund hatte, war, dass ich ihn aus der Küche hinaus bugsierte, weg geschoben hatte. Das bedrückte mich sehr. Ein Anruf aus dem Tal, aus einer weit entlegenen Ortschaft brachte mir die Gewissheit, dass Felix nicht mehr am Leben ist. Er war ertrunken. Angeschwemmt blieb er an einem Wehr im Rechen hängen. Mit einem Korb holte ich das tote Hundchen ab. Er schien noch nicht lange im Wasser gelegen zu haben, jedenfalls sah er nicht wie eine Wasserleiche aus, wenngleich ich auch nicht wusste, wie eine auszusehen hätte. Das Bild, er wäre tagelang herumgeirrt, weil sein Sinneswerkzeug nicht mehr funktionierte und er entkräftet beim Versuch aus dem Flüsschen zu trinken, ins Wasser gestürzt und ertrunken sei, verfolgte mich noch sehr, sehr lange.

Dieser Kummer wich erst, als ich die Begegnung mit Molli hatte. Der Zufall führte uns zusammen und obwohl ich mir nie mehr einen Hund anschaffen wollte, war klar, dass ich diese Kreatur von ihrer Pein zu erlösen hatte. Im Grunde handelte es sich bei Molli exakt um das gleiche Modell wie bei Felix, denn sie glichen sich nicht nur im Aussehen sehr, sondern auch in ganz spezifischen Wesenszügen. Jedenfalls freue ich mich jetzt schon auf die stürmische Begrüßung von den beiden.

Eine kleine Geschichte geht mir gerade noch durch den Kopf. Molli konnte, genau wie Felix, keine Nagetiere leiden. Meine letzte Runde mit dem Hund drehte ich immer vor dem Schlafengehen und da war es meist schon Mitternacht. Aus einer Scheune drangen seltsame Laute, ja Schreie, wenn man so will. Ich kannte diese Geräusche und Molli wohl auch. Blitzschnell und meine Anweisung missachtend, schön brav Sitz zu machen, rannte sie über eine Leiter hinauf auf den Dachboden. Es dauerte nur einen Moment, dann stand sie mit einem Marder im Maul vor mir. Auuuussss!!!! schrie ich aus voller Kehle und Molli ließ das leblose Tier fallen. Nach unserer Gassirunde wollte ich den Leichnam, der Mitten am Gehweg gelegen hatte, bei Seite schaffen. Gesagt – getan, ich beugte mich über das arme Kerlchen und im gleichen Augenblick, als ich es mit dem Handfeger berührte, schnellte es mit einem Aufschrei in die Höhe und biss mich, bevor es die Flucht ergriff, heftig in die Nase. Beinahe wäre ich tot umgefallen.

Es gab ein Burggespenst. Eigentlich gab es viele und die machten zeitweise, bzw. den Jahreszeiten entsprechend mal mehr, mal weniger Lärm. Unseren Hausgästen verkauften wir ihre Geräusche als den Spuk der armen Menschen, die alle im Burgverlies, zwanzig Schuh unter der Erde in Gesellschaft von Ratten, Mäusen und Gewürm einst den Tod gefunden hatten, weil sie sich gegenüber den üblen Gebräuchen und Machenschaften des damaligen Burgherren, einem Raubritter, nicht willfährig genug gezeigt hatten. In Wirklichkeit tummelten sich mehrere Siebenschläfer - Familien in den Hohlräumen der alten Holzbalkendecken. Wenn ihr Spiel gar zu ausgelassen war, hörten sich ihre Schreie durchaus menschlich an. Erstaunliche Tiere, die sich durch nichts aus ihrem Revier vertreiben ließen. Gleich nach unserem Einzug in die Burg sorgte die untere Naturschutzbehörde für Aufklärung über unsere Mitbewohner. Anscheinend waren diese behördlich gemeldet, jedenfalls waren sie amtlich bekannt. Es wurde uns in Aussicht gestellt, dass diese sich durchaus ein neues Quartier suchen könnten, würde das

Haus belebt und von vielen Gästen frequentiert werden. Ganz das Gegenteil war der Fall. Sie gingen mit uns eine Lebensgemeinschaft ein, in der sie sich der Gefahr aussetzend, einer von vielen Katzen über den Weg zu laufen, versuchten, sich uns mit unverhohlener Neugier zu nähern. Anfänglich klauten sie aus dem Korb das Trockenbrot der Pferde zum Frühstück und schleppten es in ihre Behausung. Umständehalber nahmen die possierlichen Tiere schon nach kurzer Zeit das Frühstück an Ort und Stelle ein. Jedenfalls wurde uns von Amts wegen mitgeteilt, dass diese nachtaktiven Nagetiere im Haus als Beschützer der anderen Hausbewohner und als ein gutes Omen angesehen werden dürfen. Schlimm war allerdings, dass diese Genossen unter unserem Dach auch ihr zeitliches Dasein segneten und man jedes Frühjahr auf der Suche nach ihrem Tierfriedhof sein musste, um die sterblichen Überreste beseitigen zu können. Häufig wurden bei der Suche quadratmeterweise Ziegel abgedeckt, aber der penetrante Leichengeruch machte solche Aktionen erforderlich.

Ein Burgverlies gab es wirklich. Es führte eine steile Stiege hinab in einen von drei Kreuzgewölberäumen, von dem aus die beiden anderen zu begehen waren. Auf einer Seite führte ein Tor hinaus zu einem Platz mit einer Zisterne, am anderen Ende befand sich der Abstieg ins unterste Gewölbe, dem eigentlichen Burgverlies. Das finstere Loch mit seiner unrühmlichen Vergangenheit bescherte einem beim begehen etwas Unbehaglichkeit, trotzdem wurde es von uns wegen seiner konstanten Raumtemperatur gerne als Weinlager benutzt, was zur Folge hatte, dass nur unerschrockene Naturen dazu verpflichtet werden konnten, für den Nachschub des Rebensaftes zu sorgen.

Gespenstisch erscheint der Wald, der dich säumt,

du Burg, die am Fels oben thronet,

du liegst versteckt und romantisch verträumt,

Jahrhundertzeitgeist in dir wohnet.

Wie gern wüsste ich was du schon geschaut,

doch darüber hüllst du dich in Schweigen,

so wie ich – sind dir auch meine Ahnen vertraut,

du Mittelpunkt in diesem Reigen.

Sagenumwoben dein Burgenverlies,

Zeitzeugen sind nur deine Mauern.

Manch einer grausam sein Leben hier ließ,

du kennst Reue nicht - kein Bedauern..

Du birgst das Geheimnis vergangener Zeiten

Und doch bist du grad Gegenwart,

die Zeit wird nur dich in die Zukunft geleiten,

denn Vergänglichkeit ist meine Art.

Zum Burggespenst tauften wir die mit viel Liebe zum Detail gestalteten Kreuzgewölberäume, welche wir zu einem Weinlokal umfunktioniert hatten. Die Organisation und Ausführung übernahmen die Töchter nebst Freunden und Studienkollegen. Irish Folk Musiker sorgten für beste Unterhaltung und gute Laune. Die Speise- und Getränkekarte wurde in Reimen und ganz nach Minnesängerart musikalisch zu Gehör gebracht, jedoch die Speisen selbst fielen wiederum in meine Zuständigkeit. Waren besonders nette Gäste anwesend und das Burggespenst nicht gerade übellaunig drauf, so konnten diese auch hin und wieder des Mitternachts draußen an der Zisterne den Unhold beim spuken beobachten.

Unvergesslich für mich ist auch noch jener Silvesterabend, den ich mithilfe von Freunden als Überraschungsfest für unsere Hausgäste organisiert hatte. Geplant war eben nur ein gemütliches Beisammensein, doch ich hatte da so eine Idee... Das Silvestermenü sollte im Rittersaal eingenommen werden, der allerdings, wurde von uns in ganz besonderer Weise präpariert. Feine Fäden wurden in den Ecken und an den Kronleuchtern zu Spinnennetzen gewoben und diese Gebilde auch noch mit feinem Mehl bestäubt, so dass sich der letzte Hausputz locker vor einem Jahrhundert vermuten ließ. Die Tische waren mit altem Tuch und Spitzendeckchen versehen, kurzum hatte man dem historischen Raum ein verstaubtes Ambiente verliehen. Im Foyer stand ein Kleiderständer mit Kostümen, welche die Gäste vor betreten des Saales anzulegen hatten.

Ein Jackett mit Lederaufsätzen an den Ellenbogen für Sir Toby. Eine blaue Uniform mit Quastenborte und goldenen Posamenten für Admiral von Schneider. Ein Frack für Mr. Pommeroy und ein Smoking für Mr. Winterbottom. Für die dazugehörigen Damen gab es allerlei ausgefallene Hüte und Schultertücher. Miss Sophie selbst kam aus den eigenen Reihen, derweil das Zurechtmachen einer jungen Dame in eine Alte sich zeitaufwendiger und schwerer gestalten ließ als umgekehrt und dazu größere Vorbereitungen notwendig gewesen waren. James, ebenfalls ein Freund des Hauses, war einen Meter und neunzig groß, aber nicht nur deswegen schenkte man ihm so viel Augenmerk, er machte seine Sache auch gut.

Das Stolpern über kein Tiger- sondern ein Bärenfell, das uns zur Verfügung stand, gelang ihm mit Bravour, ebenso das Straucheln, um dann doch noch zu seinem eigenen Erstaunen an dem Schädel vorbeizulaufen, passierte ihm ebenso effektvoll wie dem Original. Angelehnt an den berühmten Sketch gestaltete sich auch das Abendmenü. Von der indischen Hühnersuppe, über Fisch und Geflügel, bis hin zum Obst war alles in der Speisenfolge enthalten. Man nahm laut Drehbuch Sherry, Weißwein, Champagner und Portwein zu sich, den Butler James originalgetreu nach Freddie Frinton kredenzte. Genau betrachtet, war diese Nacht meine fröhlichste gewesen. Unsere Gäste, liebenswürdige Menschen aus der Hansestadt Hamburg, reagierten auf diese Inszenierung erfreulich und hatten sozusagen sofort ihre Hände mit im Spiel. Das Jahr endete in einer unbeschwerten Ausgelassenheit, wie ich sie danach nie mehr erleben durfte, obwohl ich über einen längeren Zeitraum als Zeremonienmeister mehr oder weniger meinen Beitrag zu den verschiedenartigsten Gesellschaften einbringen durfte, erreichte für mich keine Festivität jemals mehr diesen Grad an Leichtigkeit und Vollkommenheit.

Ob kleine familiäre oder Megaveranstaltungen, es waren meist Hochzeiten, die ich bis ins Detail organisieren und durchführen durfte und denen ich nicht nur meinen Stempel aufzudrücken versucht hatte, sondern mein Bestreben galt, mit der Ausgestaltung der Feste den jeweiligen Charakteren meiner Klientel gerecht zu werden.

So sehr sich die Wesensarten der Menschen doch unterschieden, so kontrastreich waren meine Vorschläge und Anregungen, welche ich ihnen zu unterbreiten in der Lage gewesen war. Neben den körperlichen Anstrengungen, die ich sonst bei den Vorbereitungen eines Festes zu leisten hatte, konnte ich zum anderen die organisatorische Durchführung als Inszenierung eines Gesamtkunstwerkes für mich verbuchen. In diesem Zeitraum erhielt ich viel Lob und Anerkennung, was mir wiederum viel Kraft und Lebensfreude bescherte.

Er war reichhaltig mit Rum getränkt und weit über die örtlichen Grenzen hinaus berühmt geworden, der Frankfurter Kranz von Mamutschka. Ein weiterer süßer Traum verhalf ihr zu diesem Spitznamen: „Käsekuchenoma". Sie war unermüdlich in der Herstellung von Kalorienbomben, aber auch unübertroffen muss man fairer Weise erwähnen. Im

Prinzip hatte ich ihre Begabung schamlos ausgenutzt, als ich eines Tages beschloss, diese herrlichen süßen Träume mit einer guten Tasse Kaffee an Interessierte zu verkaufen. Auf Drängen einer Freundin hin, die von ihrem Ehemann verlassen, schwer in Selbstmitleid schwelgte und Zerstreuung in einer neuen Aufgabe suchen wollte, eröffneten wir in der Burg ein Tagescafe. An den Wochenenden und an Feiertagen schafften wir mit großer Lust an unserer neu gewonnenen Geschäftsidee. Zum einen erweiterte sich durch den öffentlichen Zugang von Publikum auch die Nachfrage für Familienfeiern oder anderweitigen Events, zum anderen wurden wir von glücklichen und zufriedenen Gästen für unsere Mühe über alle Maßen belohnt, dabei spielte Mamutschkas Backwerk nicht minder eine große Rolle. Wir versuchten auf allen Ebenen gute Gastgeber zu sein und wollten den Menschen ihren Aufenthalt bei uns so behaglich und heimelig wie nur möglich gestalten. So hatten wir auch für sie in den Sommertagen an allen meinen Lieblingsplätzen im Burghof Sitzgelegenheiten platziert. Es gab für mich bis zu meinem Ende wirklich keinen schöneren Platz, um eine gute Tasse Kaffee zu genießen, als hier unter den alten Linden. Das war wirklich eine gute Zeit.

Gute Zeiten.. schlechte Zeiten, oder besser: des einen Freud, des anderen Leid. Mein Angetrauter machte keinen Hehl daraus, dass ihm diese Art von Geschäftigkeit gründlich missfiel. Er fühlte sich belästigt, in seiner Ruhe gestört und in seiner Verzweiflung hatte er eine Marotte entwickelt, unsere Gäste auf absonderliche Art und Weise zu beobachten. Zum einen bewachte er mit Argusaugen die Grenze zwischen dem gastronomisch nutzbaren Areal und dem „Zutritt verboten" - Schildbereich, der unmissverständlich die Privatsphäre des Hausherrn deutlich machte, zum anderen hatte er ein Augenmerk auf jene Besucher, die nicht um des guten Kuchen willens die Gaststätte betraten, sondern gleich den direkten Weg zu den Toiletten wählten um im Nachhinein erleichtert Grenzüberschreitungen zu wagen und auf privaten Terrain herum zu schnüffeln und das, ohne auch nur das Geringste konsumiert zu haben. Gleichfalls waren ihm die Touristen ein Dorn im Auge, insbesondere die Kletterer, die wegen der nahe gelegenen Felswand nur allzu gerne unseren Hausparkplatz benutzten. Die Gäste gewöhnten sich mit der Zeit an die Bissigkeit des Hausherren, die selbst in einem Wanderführer neben dem milden, aromatischen Kaffee und dem hoch gelobten Hausgebäck Erwähnung fand. Nichtsdestotrotz boomte das Geschäft mit Mamas Kuchen, das so regen Zulauf zu verbuchen hatte, dass man im Dorf noch nach anderen Mamas mit dem Talent zum Kuchen backen Ausschau halten musste. Der Hausherr gab sich geschlagen und suchte Trost beim filmen mit der neu erstandenen Videokamera. Diese stand meist auf dem Stativ, um die Selbstdarstellungen des Besitzers aufzunehmen. Ganz spontan und aus dem Stegreif sollte ich die weibliche Hauptrolle in seinem Streifen „*Der Toiletten-*

mann", einem Sketch, der im Flur vor den Klosetttüren der Gastronomie spielte, übernehmen. Ein Toilettenmann im Anzug, ein Tischchen mit einem Teller und einem dicken Buch darauf. Ich sollte, ohne zu wissen, wohin das Ganze führen würde, schlicht und einfach das stille Örtchen aufsuchen wollen. Ich tat, was man mir geheißen und wollte die Türe mit dem 00 und einem Engel auf dem Töpfchen öffnen, aber sie war verschlossen. Und ich musste doch so dringend.

Und so in etwa spielte sich dann alles ab:

„Könnten sie mir bitte den Schlüssel für die Damentoilette aushändigen"?

„Können schon, aber dürfen nicht"

„Weshalb denn"?

„Sie müssen sich erst hier in meinem Buch eintragen".

„Sowas hab ich ja noch nie g'hört, dass man sich eintragen muss, wenn man auf's Klo will. Also geben sie schon den Schlüssel her, mir pressiert's, wie sie sehen."

„ Das kann schon sein, aber Ordnung muss sein.

Haben sie denn einen Ausweis dabei?

„Ja, um Himmels Willen, seit wann braucht man denn da einen Ausweis, ich heiße Kreitlmaier, Rosalinde Kraitlmaier"

„Na ja, der Führerschein tut's auch Frau Kreitlmaier".

Ich kramte in meinem Täschchen und wurde nicht fündig. „Tut mir leid, ich kann mich nicht ausweisen, aber ich müsst jetzt ganz dringend"

„Tut mir herzlich leid, aber ich habe meine Vorschriften. Sind sie denn in unserem Hause Gast und sind sie in Begleitung hier, damit ihre Identität von einer dritten Person bestätigt werden könnte"?

Die Beine zusammen kneifend um einen Überlauf des Blasenstaus zu vermeiden, sagte ich: „Nein, ich bin ganz alleine hier und habe soeben Kaffee getrunken, deshalb muss ich ja auch ganz dringend."

„Haben sie nur Kaffee getrunken, oder haben sie auch Kuchen gegessen?

„Was tut das denn zur Sache, ich habe nur Kaffee getrunken und jetzt schließen's bittschön die Tür auf, sonst passiert noch etwas".

„Schauen's her, Frau Kreitlmaier, wenn sie nur Kaffee getrunken haben und nichts gegessen, dann dürfen sie bei mir auch nur ein kleines Geschäft tätigen."

Wie"?

„Wer in der Gaststätte oben nur etwas getrunken hat, der darf auch nur sein kleines Geschäft hier verrichten. Haben sie aber feste Nahrung zu sich genommen, dann dürfen's bei mir auch ihr großes Geschäft machen, haben's das verstanden? Deshalb muss ich ja auch meine Eintragungen in das Buch machen, damit am Jahresende unsere Inventur stimmt."

„Ach so! Trotzdem müssen sie mir den Schlüssel jetzt sofort geben, sonst kann ich für nichts garantieren."

„Tut mir leid, Frau Kreitlmaier, sie wissen schon, die Vorschriften".

Der Toilettenmann wollte mich noch mit Ausführungen seiner Ausbildung auf der Toilettenfachhochschule nerven, die er angeblich in Paderborn besucht hatte.

Breitbeinig stand ich vor der verschlossenen Lokustüre und mein Gesichtsausdruck wurde immer entspannter. Das Malheur bedauernd verließ ich schimpfend den unwürdigen Ort.

Der Toilettenmann machte seine Eintragungen über das kleine Geschäft außerhalb der dafür vorgesehenen Räumlichkeit. Der Sketch endete damit, dass ich noch einmal an den Ort des Grauens zurückkehrte, um den in der Eile vergessenen Obolus in den Teller auf dem kleinen Tischchen des Toilettenmannes zu legen.

So ähnlich verlief diese Zwiesprache zwischen einer in Nöten geratenen Dame und einem Toilettenmann. Das war die andere, die wirklich positive Seite meines Ehemannes gewesen. Immer voller Ideen und mit immensem Erfindungsreichtum gesegnet, brachte er uns ganz oft zum Lachen. Der Streifen ist längst bei youtube zu sehen. Gute Freunde haben uns dort unter *moped a. wmv* verewigt.

Nun liege ich hier schon wer weiß wie lange auf dem Fußboden und noch immer bin ich mit meiner Rückreise nicht dort angelangt, wo für mich alles begonnen hatte. Ich war in der letzten Zeit im festen Glauben gewesen, dass mit zunehmendem Alter die Zeit immer schneller vergeht. Die Tage, Wochen und Jahre flogen nur so dahin, was man natürlich als Blödsinn bezeichnen könnte, denn das Zeitempfinden ist einfach etwas Subjektives und normalerweise müssten für ältere Menschen die Uhren etwas langsamer ticken. Natürlich vergehen in einer Stunde sechzig Minuten, nicht mehr und nicht weniger, aber eine Stunde kann durchaus unterschiedlich wahrgenommen werden. Liegt es an der Hektik, die wir Großmütter einfach nicht ablegen wollen oder können, oder an der Doppel- und Dreifachbelastung durch Berufstätigkeit, Haushalt und Enkelbetreuung. Erschwerend kommt hinzu, dass die täglichen Verrichtungen nicht mehr so flott von der Hand gehen wie früher und dadurch zeitraubender werden. Es ist stückweit auch die Technik, die an unseren Uhren dreht. Einerseits erschließt uns die Mobilität und die Kommunikationstechnik möglichst viele Dinge in kurzer Zeit zu erledigen, für die man früher einen ganz anderen Zeitrahmen einplanen musste, anderseits hinkt unser Verstand leider allzu oft diesen Mechanismen hinterher, denn die mannigfaltigen Eindrücke, die es heute täglich zu verarbeiten gilt, landen oft unverdaut in unseren Köpfen und bringen uns, sollten wir nicht ein geschärftes Bewusstsein für diese moderne Welt entwickelt haben, oftmals in große Bedrängnis. Leider müssen wir uns auch eingestehen, dass wir viel Zeit vertrödeln, indem wir zu viel fernsehen, im Netz surfen, an Internetauktionen teilnehmen Et cetera......

Obwohl Glück ein vielschichtiger Begriff ist, kam mir dieses Gefühl in meinen letzten Lebensjahren ein bisschen abhanden. Schuld daran waren nicht meine innere Einstellung oder ein seelisches Ungleichgewicht, ich hatte sogar ein gewisses Maß an Zufriedenheit und eine Festigkeit im Glauben gewonnen, aber zum Erlangen von einem Wohlgefühl bis hin zur Glückseligkeit bedarf es für mich ganz konkreter Umstände, welche mir erst ermöglichen, die Quelle für Freude und Glück in mir zu erschließen. Für mich ist das eindeutig der Geruch von Pferden vermischt mit dem Duft frisch aufgebrühten Kaffees gewesen. Wenn ich mich in einer heilen Welt gut aufgehoben fühlen durfte, so war das, wenn ich früh am Morgen die Kaffeemaschine in Gang gesetzt hatte und danach den Pferden ihr Futter brachte, das Lieblingspferd geküsst und das gröbste Geäpfel der Nacht entsorgt hatte. Dieser Duft, der dadurch mich, sowie meine Kleidung umschloss, nicht allzu heftig, aber immerhin so intensiv, dass ich ihn in der Nase hatte, begleitete mich zurück in die Küche und vermischte sich mit dem Aroma eines guten Kaffees. Himmlisch!

Komplett überfordert fühlte ich mich im Umgang mit Abdullah. Ein junger wilder, leider auch etwas verhaltensgestörter Schäferhundrüde brachte Kummer und Sorge in mein Leben. Trotz aller Liebe zu ihm konnte ich die ganze Tragik, die sich langsam um ihn herum anbahnte, nicht verhindern. Ein brennender Schmerz beißt sich in meine Seele, wenn ich das ganze Drama noch einmal durchleben muss. Als Abdullah zu uns kam, ist er gerade mal sechs Wochen alt gewesen. Die Schäferhündin meiner besten Freundin wurde trächtig und schon bald suchten eine Schar niedlicher Welpen dringend ein neues Zuhause. Die Burg und das Drumherum boten viel Platz und mein kleiner Felix hatte gegen den Neuankömmling auch nichts einzuwenden. Abdullah konnte sich unter seinen Geschwistern nicht behaupten, er wurde von ihnen ständig von der Mutter abgedrängt und er war auch sonst ein mickriges kleines Kerlchen. Gerade deswegen hatten wir uns für ihn entschieden. Doch er wuchs sehr schnell zu einem großen Tier heran, das den Nachbarn, den Hausgästen und selbst meiner Familie Furcht einzuflößen vermochte. Nur die Furchtlosen durften ungestraft in seiner Nähe verweilen, verspürte er jedoch den geringsten Hauch von Ängstlichkeit, schnappte er unversehens zu. Immer wieder suchte ich nach Entschuldigungen für Abdullahs Verhaltensweise und bemühte mich, seine Verfehlungen zu bagatellisieren, was mir nach einer Serie von notfallmedizinisch erforderlich gewordenen Behandlungen bei Betroffenen, oder besser ausgedrückt, bei Gebissenen, nicht mehr so recht gelingen wollte. Damals war ich erleichtert, als ich eine Austauschschülerin aus Frankreich unbeschadet zum Bahnhof fahren durfte. Sie hatte große Angst vor Hunden, aber sie beherzte meinen Rat, dem Liebeswerben von Abdullah distanziert zu begegnen und ihm möglichst keine Beachtung zu schenken, denn ehe man sich versah, wurde die streichelnde Hand zu einer Gefahr für den Hund und er biss gnadenlos zu. Wenn ich mich recht erinnere, war ich damals noch die einzige, die ihm ohne Vorbehalte begegnen konnte und von der er sich am Abend seine großen Pfoten waschen ließ, wenn es in die gute Stube ging. Ich kam also vom Bahnhof zurück und musste erfahren, dass meine Tochter sich in der Klinik befand. Sie wurde an der Hand genäht, nachdem Abdullah ziemlich tiefe Spuren mit seinen Zähnen darin hinterlassen hatte, als sie auf ein Klingeln hin, vielleicht für Abdullah etwas zu hektisch von ihrem Stuhl aufsprang, um die Türe zu öffnen. Weshalb der Hund zu einem Angstbeißer geworden war, blieb uns allen ein Rätsel, aber mit seiner letzten Verfehlung war auch sein Schicksal besiegelt. Meine Einwände fanden kein Gehör mehr und so sollte Abdullah sterben. Die Erinnerungen an diesen Tag, welche mich im Augenblick in diese Zeit zurück versetzen, lassen sich von mir nicht in Worte kleiden. Das Bild von einem jungen Hund, der sterben soll und sich mit allen Lebenskräften dagegen wehrt, vermischt sich mit meiner damaligen Verzweiflung und meiner Wut auf mich selbst und auf mein Umfeld. Eine unheimliche Leere umgibt mich heute wie damals. Ein unbeschreiblicher Schmerz, eine Schockstarre und das Endgültige, das von mir nicht wieder gut zu machende, führten bei mir von einem Tag auf den anderen zu einem frühzeitigen Eintritt der Wechseljahre. Den größten Schaden aber hatte ich an meiner Seele genommen, weil ich bei einer Entscheidung über Leben und Tod, Letzteren trotz innerster Anfechtung einfach schwach und kampflos hingenommen hatte.

Es gab für mich auch erfreulichere Tiererlebnisse. Ich hatte nicht nur ein Lieblingspferd, sondern auch eine Lieblingskatze. Schwarz mit einem weißen Fleck auf der Brust und winzig klein erschlich sich dieses Wesen meine Zuneigung, nachdem ihm die beiden Hunde den Zutritt in ihr Refugium gestatteten. Flori ist meine erste Katze gewesen, aber sie blieb natürlich nicht die einzige, aber die einzigartigste unter den vielen Ihresgleichen. Sie war in der Lage auf einen Schrank zu springen, auf dem eigentlich schon alle Plätze besetzt waren mit Krügen, Vasen und anderweitigem Tand, ohne dass auch nur ein Teil gewackelt hätte, geschweige denn zu Bruch gegangen wäre. Außerdem entwickelte sich zwischen ihr und dem Hündchen eine wahre Freundschaft, die seltsame Marotten hervor-brachte. Sie legte zum Beispiel ihre Jungen in den Hundekorb, wenn sie ihren Verpflichtungen als Katze nachkommen wollte, oder einfach eine Auszeit brauchte und prompt mimte der Hund den Katzenvater. Ohne Hund zu schlafen war für Flori sowieso undenkbar geworden. Wählte der Hund das Körbchen, wurde dort gekuschelt, bevorzugte er mein Bett, gesellte sie sich selbstverständlich auch dazu. Den Hausherrn störte oft das Schnurrgeräusch, überhaupt missfiel es ihm, mit pelzigen Bettgenossen zu nächtigen. Manchmal bugsierte er im Halbschlaf die Katze vor die Schlafzimmertüre. Zwei Minuten später spürte ich schon wieder ihre kleinen Pfoten auf meinem Bettzeug, wie sie sich stampfend eine Mulde zurecht kratzten. Sobald sie sich genüsslich niederlegte, fing sie wieder an zu schnurren und lief damit Gefahr, erneut entdeckt und vor die Tür gesetzt zu werden. Dieser Vorgang wiederholte sich im Laufe der Nacht des Öfteren und jedes Mal musste Flori den beschwerlichen Weg gehen, der durch die Katzenklappe hinaus, über die an der Hauswand empor wuchernden Waldrebe, ein Stück entlang in der Dachrinne zum geöffneten Schlafzimmerfenster führte. Eine weitere Absonderlichkeit von den beiden war die gemeinsame Jagd auf Mäuse. Am Hang, gegenüber des Hühnerstalles buddelte der Hund auf Teufel komm raus und die Katz lag auf der Lauer nach der Beute.

Für die Vorsorge und notwendige tierärztliche Betreuung aller Vierbeiner, der Pferde, dem Hund und Flori, Lukas, Luzi, der Omakatze, Ronja, Fritzi, Oskar, Samira, dem Opakater und einer kleinen weiß gefleckten, dicklichen Hauskatze, deren Name mir partout nicht mehr einfallen will, kam der Veterinär ins Haus. Ein lieber Freund, der seinen freien Tag damit verbrachte, die gesamte Menagerie zu immunisieren und zu entwurmen. Das war kein leichtes Geschäft, einen nach dem anderen zu verarzten, denn sobald am ersten Patienten herumgedoktert wurde, verschwand der Rest der Mannschaft heimlich vom Ort des Geschehens und nur mit viel Geduld stand am Ende in jedem Impfbuch ein Eintrag.

Zu Lebzeiten musste ich für eine Menge Tiere Gräber schaufeln und der Abschied war nicht weniger traurig, als ob mich jedes Mal ein geliebter Mensch verlassen hätte. Jetzt fühle ich mich richtig erleichtert, dass ich am Ende ohne Haustier gelebt habe, denn ein Hundchen oder Kätzchen unter den Hinterbliebenen zu wissen, würde mich zu sehr bekümmern.

Wie lange es wohl noch dauern wird, bis man entdeckt, dass ich nicht mehr unter den Lebenden weile. Inzwischen wird mich das Durchlebte noch einmal einholen.

Alles war so herrlich neu und aufregend in diesem Jahr gewesen, genau so hatte ich es mir vorgestellt, das Leben auf dem Lande. Bewegungsfreiraum im Überfluss für Mensch und Tier. Eine Mischung aus Romantik und Mystik lag über all dem, was dieses Gesamtobjekt ausmachte. Wir sind stolze Besitzer eines ritterlichen Anwesens, einem sagenumwobenen und von bedeutsamen geschichtlichen Überlieferungen geprägten Zuhause und sind seit Wochen damit beschäftigt, eine Schuttmulde nach der anderen mit vergammeltem Hausrat zu füllen. Modriges Bettzeug und Matratzen, Tapeten, alte Teppichböden, schreckliche Gardinen und..und..und. Tisch- und Bettwäsche aus den Schränken werden aussortiert, gewaschen und gebügelt oder durch neues ersetzt. Langsam kam alles in die Gänge. In dieser Schaffensphase durfte ich meine allerersten Gäste beherbergen. Es ist eine Schulklasse gewesen, junge Menschen mit Handikap und ihren Lehrern und Betreuern. Kontakt zu dieser Schule bekamen wir durch unsere Älteste, die dort nach dem Abitur ein freiwilliges soziales Jahr absolvierte.

Der erste Abend mit unseren Hausgästen birgt für mich viele bleibende Eindrücke, die es wert sind, bei meiner Lebensrückschau sich ihrer zu erinnern. Glücksmomente, die ihren Speicherplatz in meiner Seele gefunden haben. Es war diese Unberührtheit der Natur gewesen, die uns alle umfing. Unsere Sinne durften ganz viel auf einmal aufnehmen. Wir hörten das Quaken aus dem Biotop, Glühwürmchen füllten die Luft, Blindschleichen wiegten sich in Sicherheit und querten den Weg, Fledermäuse waren auf Streifzug und ein kleiner Igel versuchte sich Zutritt in meine Küche zu verschaffen.

Die Aufenthalte verschiedenster Schulklassen mehrten sich und in unserem Gästebuch standen mit Dank erfüllt

die Lobeshymnen in Reimen über die freudigen Begebenheiten in unserem Hause. Die Lagerfeuer, das Brot backen
in unserem Backhäusle, die Reitstunden, der Umgang mit
den Pferden und nicht zuletzt die Verköstigung waren
die Ursache für diese Auszeichnungen.

Ein furchtbar nettes Buchhändlerpärchen ließ seine
Hochzeit bei uns ausrichten und wurde so zum Vorreiter
einer weiteren ausbaufähigen und gefälligen Geschäftsidee.

Es hatte sich also die Mühe gelohnt, das Haus herauszu-
putzen, das mehr als ein Jahrzehnt ziemlich verwaist gewesen war. Ich erinnere mich, dass ich ganz stolz gewesen
bin, weil es mir gelungen war, die verwahrlosten Räum-
lichkeiten ganz anschaulich und passabel herzurichten und
dem Haus eine besondere Note verleihen konnte. Ich erinnere mich auch noch vor dem Erwerb der Immobilie an
unseren ersten Besichtigungstermin, bei dem mein Vater
seine Hände über seinem Kopf zusammenschlug und aus-
rief: bitte tu mir das nicht an! Seinem handwerklich ge-
schulten Auge entging nicht der geringste Mangel an dem
gesamten Gebäude, doch zu diesem Zeitpunkt stand meine Entscheidung bereits fest und da hätte mich nichts
und niemand davon abbringen können, auch nicht mein
Vater und das befürchtete er zurecht. Bei mir war es Liebe auf den ersten Blick. Ich war verzückt von dem alten
Gemäuer, das sich unter üppig wucherndem Knöterich

verbarg, der alten Burgmauer, von der aus man den Blick in ein Flusstal hatte, von den alten Bäumen im Burghof und den unendlich vielen romantischen Ecken zum träumen. Mir ist damals nicht bewusst gewesen, dass dieses Anwesen einmal meine ganze Zeit für alles Mögliche in Anspruch nehmen würde, nur nicht zum träumen.

Die letzten Vorbereitungen für den Umzug waren getroffen. Ein zweites Pferd war gekauft, das dem ersten in der neuen Umgebung Gesellschaft leisten sollte. Der Garten am Stadtrand war veräußert und die Hühner waren ebenfalls für den Wohnungswechsel gesattelt. Die Glanzleistung allerdings, die uns in der Kürze der Zeit gelungen war, damit der Traum von der Burg sich erst erfüllen konnte, war der dafür notwendige Verkauf unseres Stadthauses. Von diesem Augenblick an, als ich das Inserat für das romantische Anwesen in der Tageszeitung gelesen hatte, bis hin zur notariellen Verbriefung desselben vergingen keine sechs Wochen. Es fügte sich eines nach dem anderen so unproblematisch, dass wir diese Umgestaltung unseres Lebens, beruhigt und als vom Schicksal bestimmt annehmen durften. Kaum in neuen Gefilden ansässig, begegnete eine meiner Töchter hoch zu Ross ihrem Herzallerliebsten im sagenumwobenen Wald und damit waren auch die letzten Zweifel an unserem Leben verändernden Wandel überwunden. Die andere Tochter löste sich zum Zeitpunkt des Umzuges aus dem elterlichen Gesichtsfeld und versuchte von nun an den Chancen und Widerständen des Lebens auf eigenen Beinen zu begegnen. Damit durch ihr Fortgehen keine Lücke entstehen sollte, durfte ich an Kindesstatt ihre beste Freundin aufnehmen und lieben lernen. Es war ein Aufbruch in ein neues Leben.

Nichts hat Bestand außer der Veränderung

Es war schon lange die Rede davon, dass man Veränderung möchte, zumindest bei mir keimte der Wunsch nach einem anderen Leben. Permanent sah ich mich in Gedanken immer irgendwo, nur nicht da, wo ich mich gerade befand. Mit dem Umzug glaubte ich, an den Ort meiner Sehnsucht zu gelangen. So hielt ich an diesem Trugbild von einer heilen Welt fest, in der ich mich gerne eingeigelt hätte, dabei unterstützten mich die Bilder von einem friedlichen Landleben mit den geliebten Menschen und Tieren, alle in schönster Harmonie und allesamt unter einem Dach. Hätte ich einfach Rückschlüsse aus meinen bislang gemachten Erfahrungen gezogen und aufgrund dieser Erkenntnisse mein Handeln und mein Bewusstsein verändert, würde ich nie diese Herausforderung angenommen haben, die der Erwerb des mittelalterlichen Anwesens mit sich brachte. Streng genommen suchte ich seinerzeit nur nach einer größtmöglichen Ablenkung für eine existentielle Krise, die mich plötzlich in meinem sechsten Jahrsiebt überkam. Ich schrieb in langen und schlaflosen Nächten unzählige Gedichte, um meinen Kummer zu lindern, der sich in meinem Leben breit gemacht hatte. Außerdem fühlte ich mich völlig unverstanden, grübelte über dies und das nach und es fehlte mir absolut an Zuneigung. Fragen, die mir seitens der besseren

Hälfte gestellt wurden, weshalb ich so blöd schaue, oder warum ich so ein Gesicht machen würde und was ich denn überhaupt wolle, waren sicher nicht unberechtigt, konnte ich aber nur mit „ich weiß es nicht" beantworten. Mag sich damals sein Gesicht in dem meinen vielleicht nur gespiegelt haben und er hätte gut daran getan, sich selbst diese dämlichen Fragen zu stellen, so bleibt doch der Tatbestand, dass ich mich von jeher nur allzu gerne in Selbstmitleid gebadet hatte.

Der Entschluss, den Schritt in ein unbekanntes Terrain zu wagen, wurde jedenfalls von allen befürwortet. Für die beiden Väter aber war es ein herber Schlag, als sie von unseren Absichten hörten. Sie waren es, mit deren Unterstützung aus dem alten spätklassizistischem Eckhaus mitten in der Stadt ein bewohnbares Gebäude geworden war, das wir jetzt schnellst möglich zu veräußern beabsichtigten. Jahrelang waren die beiden älteren Herren in diesem Hause mit Renovierungsarbeiten tätig und nur dieser Tatsache zufolge, waren wir in der glücklichen Lage gewesen, einen satten Gewinn mit dem Verkauf zu erzielen. *Nichts hat Bestand außer der Veränderung,* die wir mit aller Macht vorantrieben. Mein Vater und der Schwiegervater mussten damals unser Vorgehen als einen Akt der Undankbarkeit verstehen, sie brauchten sich aber nicht zu sorgen, von nun an arbeitslos zu werden, denn die nächste Baustelle war praktisch schon anvisiert. Ungewöhnlich schnell war für alles, was verkauft werden musste, ein Käufer gefunden. Währenddessen wir uns mit den Umzugsvorbereitungen beschäftigten, verstarb unerwartet mein Großvater. Gewiss hatte er ein gutes Alter erreicht um zu sterben, aber es war einfach keine gute Zeit. Ob es überhaupt den geeigneten Moment gibt um auf diese Welt zu kommen oder sie wieder zu verlassen? Es gibt nur einen Fälligkeitstermin, doch der kommt selten wie gerufen. Schade nur, dass Großvater nicht mehr mein neues Zuhause begutachten konnte und auch so vermisste ich ihn sehr. Mit ihm zusammen konnte man dermaßen gut schweigen, ohne auch jemals das Gefühl zu haben, dass man sich nichts zu sagen hatte.

Opa konnte zupacken. Er war ein Mann voller Datendrang und Schaffensfreude und Teil von jenem Urgestein, das ehedem das Fundament des Wirtschaftswunders bildete. Seine über fünfzigjährige Berufstätigkeit und Berufserfahrung hatte er nur in eine Firma investiert und dazu noch nicht einmal einen einzigen Tag lang gefehlt. Von Kindesbeinen an war er mit dem Betrieb verbandelt.

Spät im Alter ist er krank geworden. Kein Klagen seinerseits, keine Sonderzuwendungen von uns, das war sein Wille. Eine Ausnahme war die Versorgung mit Sauerstoff, der ihm Erleichterung und Zeit schenkte. Eines Morgens nahm er auch diese Hilfe nicht mehr in Anspruch, stattdessen mühte er sich mit dem Luftholen. Seine Handzeichen und seine Gestik verrieten, dass es gut ist, wie es ist.

Es waren alle da, an seinem letzten Lebensabend. Kinder, Enkelkinder, Urenkelkinder.

Wie ein Herbstblatt sich leise löst vom Baum, so möchte ich mein Leben lassen, wenn die Zeit reif geworden ist. Leicht möchte ich sein, nicht festhalten wollen, im Fallen noch mich dir entgegenfreuen. (Sabine Naegeli)

Von Großvater kann ich gar nicht bestimmt sagen, ob er sehr gläubig gewesen ist, ob er in der Stille und in dem in sich gekehrt sein eine Frömmigkeit verbarg. Großmutter dagegen praktizierte ihre Religion coram publico, jedoch nach meinem Geschmack mit zu viel Aberglauben versehen. Dabei hatte sie nicht nur stets die Bauernregeln in petto, wie: „wenn's zu Lichtmess schneit, ist der Frühling nicht mehr weit, sondern es war auch die Rede vom bösen Blick und vom stechenden Blick. Ehrlich gesagt, habe ich erst viele Jahre später nachgelesen, was es mit den Blicken auf sich hatte, die ihr so zu schaffen machten.

Noch bevor die Leute vom Beerdigungsinstitut den Opa in den Sarg gebettet hatten, verabschiedete ich mich noch einmal mit einem Kuss auf seine Wange. Großmutter bat mich, den Toten doch um Himmels Willen nicht zu berühren . Spätere Recherchen bestätigten mir, dass ihre Ängste aus dem Volksglauben herrührten, Tote könnten sich durch ihr offenes Auge nach Opfern umsehen, welche sie nach sich in das Grab „ziehen" würden. Das schließen der Augenlider bei Verstorbenen hatte anno dazumal fraglich nicht nur mit Ehrerbietung zu tun.

Als Opa mit den Füßen voran aus dem Haus getragen war und alle Formalitäten mit dem Bestattungsunternehmen erledigt, verabschiedete sich die Leichenfrau mit einem „Auf Wiedersehen". Worauf Oma schroff erwiderte: „ hoffentlich noch nicht so bald."

Beim Leichenschmaus an Großvaters Beerdigung wurde meine Oma von ihrer besten Freundin Marie in Beschlag genommen. Die Interessen der beiden Frauen sind in der letzten Zeit etwas zu kurz gekommen, zum einen, weil sich Großmutter durch Opas Erkrankung in die Pflicht genommen sah, zum anderen gefiel es Opa einfach nicht, dass sich Oma mit den Damen aus dem Altenclub immer wieder zu so genannten „Butterfahrten" verabredete, bei denen sie ein Vermögen für altes Gelumpe, wie er es nannte, auszugeben bereit gewesen war.

Es wirkte beinahe pietätlos, wie die Freundin auf Großmutter einredete, um mit ihr bereits Termine für anstehende Unternehmungen zu vereinbaren.

Es war der zweite Tag nach Opas Beerdigung, als Marie schwarz umrandet in den Todesanzeigen der Tageszeitung zu finden war. Sie starb noch am gleichen Abend, just als sie vom Leichenschmaus nach Hause kam. Sie hatte sich gerade das Abendbrot aufgetischt und ist, genau wie ich, einfach vom Stuhl gefallen. Allerdings war es bei ihr Herzstillstand. Ein schneller Tod.

Großmutter hat es dem Großvater nie verziehen, dass er sich ausgerechnet ihre beste Freundin ausgesucht hatte, mit in den Tod zu nehmen. Niemand konnte sie von dem Gedanken abbringen, dass Marie einzig und allein durch seine Machenschaften für immer gegangen war.

Es gab noch einen Blick, den Großmutter sehr fürchtete und ich erinnere mich, wenn sie von ihm sprach, gab es meistens Zoff mit meiner Mutter. Ich bin noch ein Kind gewesen, als ich den Auseinandersetzungen beiwohnen musste, als Großmutter eine unbescholtene Nachbarin, außerdem noch eine gute Kundin in Mamas Friseursalon, der Schadenszauberei als Drude beschuldigte. Druden kommen angeblich des Nachts als Alp und legen sich auf einen schlafenden Menschen, den sie sich tagsüber ausersehen haben und drücken diesen, dass ihm die Luft zum atmen genommen wird. Gleichzeitig kann sich der Gedrückte nicht wehren und ist außerstande um Hilfe zu rufen. Oma sah sich als Opfer dieser Nachbarin, die ihr angeblich bei einer Unterhaltung einmal zu tief in die Augen geblickt haben musste und sie seither des Öfteren nachts auf leisen Sohlen aufsuchte um sich auf ihre Brust zu legen und bei ihr Beängstigung und Atembeschwerden auszulösen.

Unglaublich, was man unter „Drude" bei Wikipedia alles erfahren darf. Zum Beispiel auf die Frage, wie sich ein Mensch diesen bösen Blick erwerben kann, erfährt man dort, dass in der Literatur verschiedenste Antworten zu finden sind. Unter anderem, dass man damit geboren werden kann, oder wenn die Taufe nicht ordnungsgemäß verlaufen ist, auch wenn das Kind nach der Entwöhnung wieder an die Brust gelegt wird, unter Umständen durch Neid, wenn man Schmutz gegessen, oder seine Füße länger nicht gewaschen hat. Wer weiß, welche Ängste meiner Großmutter noch zu schaffen machten und unter wie vielen Albträumen die Arme zu leiden hatte.

Eine Übervorsichtigkeit bestimmte ihren Alltag und durch ihr ständiges besorgt sein, gerade auch um mich, hatten sich seit meiner Kindheit auch Ängste in mir breit gemacht.

In einem Hafen am Mittelmeer mit dem Charme einer Autobahnraststätte befand sich unsere Litorina. Kein Baum, kein Strauch, also auch kein Schatten. Nur überdimensional große Schiffe auf deren Decks die Eigner in der Sonne brieten. Uferschnecke nannten wir das Segelschiff, wie schon etliche Schiffe vor ihr, das dort zwischen protzigen Motoryachten vor Anker lag. Es gefiel mir nicht, das Segeln auf dem Meer, da schätzte ich schon eher das Binnenmeer, das für mich einen ganz anderen Erholungswert darstellte. Alles ging dort ruhiger von statten, ganz zu schweigen von den landschaftlichen Vorzügen. Außerdem konnte ich als geborene Wasserratte im See bedenkenlos baden, wogegen mir das Schwimmen im Meer durch den „weißen Hai" doch ziemlich vermiest worden ist.Im Herbst gefiel es mir ganz gut in Venetien. Es waren kaum noch Urlauber unterwegs und man konnte gemütlich nach Venedig tuckern. Am Abend machte man es sich unter Deck kuschelig, hat Karten gespielt und dazu Captain Morgan mit Tee getrunken. Obwohl ich mein Leben lang ein Fan von Italien gewesen bin, konnte ich mich nie so richtig mit dem Mare Adriatico anfreunden. Venedig ausgenommen, sie war und blieb meine absolute Lieblingsstadt.

Ich erinnere mich nur zu gut an den schattenlosen Hafen und an das Schießen in den frühen Morgenstunden, wenn die Yachtenbesitzer der Entenjagd frönten. Unser Hündchen wollte damals den Bauch des Schiffes gar nicht mehr verlassen. Mit Mühe trug man ihn zum Auto und fuhr dutzende von Kilometern, um Gassi zu gehen, solange, bis das Ballern nicht mehr zu hören war. Als das Tier dann auch noch die Nahrung verweigerte, durfte es seinen Italienurlaub abbrechen und wurde von meinem Mann nach Hause zu den Daheimgebliebenen gebracht. Mit dem Satz: mag der Felix zum Opa? überschlug sich der Hund vor lauter Freude.

Unsere Litorina fiel ebenso den veränderten Lebensumständen und dem damit verbundenen Zeitmangel zum Opfer. Das Riesenschiff fand nicht gleich einen Liebhaber und so gesehen, wurde das gute Stück wie bei Hans im Glück eingetauscht gegen ein kleineres Schiff und ein Wohnmobil. Das kleine Schiff lag im Yachthafen von Jezera in Kroatien vor Anker und dessen Rückführung in heimische Gewässer den Warenwert beinahe überstieg. Das Wohnmobil, das augenblicklich auch keine Verwendung fand, wurde erst einmal vor der neu erworbenen Haustüre mit dazugehörender historischer Burganlage geparkt. Im Übrigen war die Litorina auch eine von den Baustellen meines Vaters gewesen. Er polierte das Stabteakdeck auf, dass es wie neu erstrahlte. Der Rumpf bekam eine neue Haut aus Kunststoff und es wurde an allen Ecken und Enden geschliffen, gefeilt und poliert. Das lag allerdings einige Jahre zurück, denn so lange dauerte es, bis aus dem Wrack, das wir zum ersten Mal bei einem Händler auf einem Trockendock entdeckt hatten, ein schmuckes Segelschiff geworden war.

Damals freuten wir uns wie Schneekönige, als wir über eine wackelige Leiter an Bord und in den Rumpf des

uralten Holzschiffes stiegen. Im dicken Bauch fanden wir eine so schöne Kajüte vor, dass unsere Blicke sofort „haben wollen" signalisierten. Spontan und ohne große Überlegung wurde diese Anschaffung getätigt. Die Arbeit an dem Kahn bereitete meinem Vater und seinem Schwiegersohn gleichermaßen pures Vergnügen.

Vertrauensselig und auch ein wenig ignorant akzeptierte ich die Zukunftspläne meines Mannes, der seine Zeit mit Schiffchen aufpolieren und Oldtimer restaurieren gut ausgefüllt gesehen hatte. Es war einfach keine Zeit mehr für schnöde Arbeiten vorhanden. Also hängte er seinen Beruf an den Nagel, um sich von nun an nur noch um die schönen Dinge im Leben kümmern zu können. Er verpachtete seinen Motorradladen und die Werkstatt an einen tüchtigen Mitarbeiter und minimierte seine Schaffensfreude ausschließlich auf schöngeistige Verrichtungen. Dieser Müßiggang brachte ihm viel mehr, als nur ein schlechtes Gewissen ein, er veränderte ihn auf ganz befremdliche Weise.

Im Gegenzug auf diese Cäsium- Kontamination haben wir seit jenem April ausnahmslos alle Pilzgerichte von unserer Speisekarte gestrichen. Mehr konnten wir persönlich nicht tun, nach diesem katastrophalen Unglücksfall im Kernkraftwerk von Tschernobyl. Radioaktive Niederschläge verhalfen den Atomkraftgegnern zu einer erneuten Aufmerksamkeit. Leider nur für kurze Zeit.

Noch im gleichen Jahr machte ich das erste Mal ohne Ehemann Urlaub. Es war eine Reise nach Frankreich in Begleitung meiner beiden Töchter. Erster Stopp ist Paris gewesen, danach eine Schlösser - Tour entlang der Loire mit Ziel Atlantik.

Von Chateau zu Chateau und von Atommeiler zu Atommeiler.

Eigentlich dachte ich immer, dass so eine Lebensrückschau in Sekundenschnelle vonstatten ginge, aber wie ich sehe, dämmert draußen schon der Morgen und ich habe noch nicht fertig.

Ziemlich hübsch, die Frau, die mir gerade eben begegnet, umso erstaunlicher, dass sie manchmal sehr unglücklich zu sein scheint. Auf den ersten Blick ist kein Anlass zum traurig sein in Sicht. Die Wohnung in dem spätklassizistischen Gebäude ist perfekt. Genau genommen sind es zwei Wohnungen gewesen, die zu einer umfunktioniert wurden und mit zweihundertfünfundzwanzig Quadratmetern äußerst großzügig für eine vierköpfige Familie. Das Herzstück war die geräumige Küche, der Raum, in dem man sich am meisten aufhielt. Dort wurde gebraten, gebacken, gelacht, gespielt, musiziert und gesungen, Schulfreunde von den Kindern, ja sogar ganze Schulklassen samt Lehrern sind damals bewirtet worden. Ich erinnere mich, dass die Freunde meiner Kinder auch zu Besuch kamen, wenn sie diese nicht antrafen, denn es gab immer zu essen, oder man nahm sich Zeit für ein Kartenspiel oder ein Gespräch. Erstaunlich, wie man als jüngerer Mensch mit der Zeit jonglieren und den Verpflichtungen, aber auch dem Vergnügen nachkommen konnte, ohne das eine oder andere zu vernachlässigen.

Mamutschka hatte wegen einer Arthrose ziemliche Schmerzen in ihren Daumen und so bot ich ihr meine Hilfe an, ihre Stammkundschaft, eine heitere Klientel, das man absolut über ihre Frisuren aus Mamas Salon identifizieren konnte, zu übernehmen. Sie wollten unter keinen Umständen zu einem anderen Friseur wechseln, die Macht der Gewohnheit eben. Also habe ich Termine vereinbart und Mamas Salon am Leben erhalten.

Der Schreibkram, sprich Buchhaltung vom Salon und vom Motorradgeschäft meines Mannes wurde des Nachts erledigt, oft bis in die frühen Morgenstunden.

Gemeinsames Familienfrühstück, Kinder in die weit entlegene Schule bringen, am Rückweg das Pferd füttern und auf die Koppel bringen, die Hühner im Garten versorgen und weiter zum Strähnchen färben oder zur Dauerwelle.

Kinder zum Sport, zum Musikunterricht, zum Reiten bringen, kochen und.. und.. und..

Zu jener Zeit hatte man mich nur im Laufschritt gesehen und gottlob gab es eine gute Seele, die mich im Haushalt mit der Wäsche und der Putzerei tatkräftig unterstützte, alleine schon um die Fenster zu putzen, es waren neunzehn an der Zahl. Danke Frau Schröder.

Man fuhr damals mit dem Auto so viele Kilometer, wie ein mittleres Taxiunternehmen, nur um die Kinder und sich selbst von a nach b zu bringen, wobei ich noch viele Einkäufe mit dem Fahrrad erledigte.

Es waren auch noch sämtliche Tanten und Onkel am Leben, es gab eine Menge davon, nicht nur die bereits erwähnten. Sie alle hatten, ich möchte nicht gerade sagen, eine Erwartungshaltung, aber doch eine große Freude, wenn man ihnen von seiner Zeit schenkte. Sie waren aus meinem Leben nicht mehr weg zu denken, seit meiner Kindheit, in der man mich zur Lieblingsnichte erwählt hatte.

Wir verbrachten damals unsere Ferien am Chiemsee. Sommer, Pfingsten und auch an Ostern. Der Chiemgau war schon beinahe unser zweites Zuhause. Das Hotel direkt am See und wir hatten im Dachgeschoss eine feste Bleibe und ein kleines Kajütboot am Steg. Der Schnürlregen, der von Salzburg her kam, meist zu Ostern, veranlasste uns zu diversen Landausflügen, so dass wir uns bald in der Umgebung heimisch fühlen durften. Waren wir mit dem Boot unterwegs, wurde, wenn nicht gerade Windstille herrschte, Kurs auf die Fraueninsel genommen. Sie ist bis zu meinem schnöden Tod einer meiner Lieblingsplätze gewesen.

Unsere kleine Tochter war zu dieser Zeit mit einem Mädchen befreundet, deren Familie die Eigentümer des Hotels und der Fischerei, des Bootssteges mit Bootsverleih, dem Freischwimmbad, des Minigolfplatzes, sowie eines Kiosks waren, in dem Süßes und Souvenirs verkauft wurden. Um ihrer Freundin nahe zu sein, verbrachte sie zwangsläufig ihre Ferien in einer der genannten Einrichtungen tätig in irgendwelchen Kassenhäuschen. Einmal hatte man ihr zwei Zwergkaninchen geschenkt und es war unvermeidbar gewesen, diese mit nach Hause zu nehmen. Es hat sich in kürzester Zeit herausgestellt, dass es sich bei den beiden „Zwerglein" um einen deutschen und einen weißen Riesen handelte, von denen jeder ein Gewicht eines mittelgroßen Hundes erreichte.

Der Hasenstall, den mein Großvater gezimmert hatte, ist bald zu klein geworden und so sind die beiden Langohren Freigänger in der ersten Etage des spätklassizistischen Gebäudes geworden. Das hieß, sie durften nur unter Beobachtung sämtliche Räume nutzen, denn unbeobachtet nagten sie gerne an Elektrokabeln, was wiederum für alle Bewohner hätte gefährlich werden können. Der Wasch- und Bügelraum wurde kurzerhand zum Hasenzimmer umbenannt und diente fortan als deren Bleibe. An den Wochenenden durften sie mit ins Knoblauchsland in unseren Garten, aber unter der Woche hatten sie doch des Öfteren

Langeweile und deshalb nagten sie an allem was ihnen zwischen die Hasenzähne kam. Karotten und Löwenzahn waren längst nicht so gefragt, wie die Textiltapete, die PVC-Leiste und der Pegulan - Bodenbelag, der Schlauch der Waschmaschine und eben alles, was so ein Hasenmagen zu verdauen imstande war. Die Zwei sind trotz ihrer Fettleibigkeit ziemlich alt geworden. Sie waren allerdings nicht die einzigen Tiere, die mit uns das Heim teilten, es gab außerdem noch unser Hundchen und zwei Wellensittiche. Diese waren auch Freigänger, bzw. Freiflieger im Zimmer der Jüngsten. Dort war für sie das Geäst eines Zwetschgenbaumes in einem Topf einbetoniert und der Vogelkäfig diente nur als Futterstelle. An der Türe des Waschraumes hing ein Porzellanschild mit der Aufschrift „Hasenzimmer" und die Türe zum Kinderzimmer war ebenfalls mit einem Schild aus der Zeit unserer Porzellanmalerei versehen, natürlich beschrieben als „Vogelzimmer".

Es war ihr nicht auszureden und so musste ich dem Wunsch meiner Ältesten entsprechen und ihr erlauben, den Motorradführerschein zu machen. Damals fuhr beinahe jeder, der sechzehn geworden ist, eine „Achtziger". In unserem Fall, gut für das Geschäft, aber privat habe ich viel Zeit damit verbracht, aus dem Fenster zu sehen. Die Ängste, die in mir schlummerten und ein mangelndes Gottvertrauen ließen mich erst wieder beruhigt sein, wenn ich das Knattern der Maschine in der Hofeinfahrt vernahm. Obwohl ich streng untersagt hatte, die kleine Schwester auf dem Sozius mit zu befördern, hatten die beiden keine Skrupel mich zu hintergehen. Die Sorge begleitete mich bis zu dem Tag, an dem das Motorrad in ein Auto eingetauscht wurde. Ab diesen Moment waren meine Sorgen andere, aber immer noch vorhanden.

Der Zorn ist wie ein Feuer

Je weiter ich in mein Leben zurück schaue, desto besser gefalle ich mir. Ich meine damit nur optisch, komischerweise sieht man ja auch auf den ältesten Fotos immer am jüngsten aus. Ansonsten begegnet mir ein Mensch, nicht eitel, aber immer darauf bedacht zu gefallen und auch etwas wankelmütig. Himmel hoch jauchzend – zu Tode betrübt - so war ich. Immer gut gelaunt, aber nur, wenn ich mich geliebt fühlen durfte, oder noch besser, wenn ich jemanden zum lieb haben hatte. „Du kannst mich gern haben" hörte ich häufig, war aber mehr negativ gemeint. Zunehmend störte mich die rüde Unfreundlichkeit, die mir in meiner Ehe begegnete, dabei wäre ich sehr anlehnungsbedürftig gewesen. Ich hatte schon auch etwas Selbstsüchtiges an mir, trotzdem war mir das Geben immer schon wichtiger als das Nehmen. Zuwenig Selbstliebe und vielleicht auch zu wenig Selbstvertrauen forderten instinktiv das Fehlende vom Partner ein. Pech gehabt, wenn diesem ebenfalls die notwendige Erfahrung fehlte, um sich in dieser kleinsten Gemeinschaft, eben der Zweisamkeit, dem „Wir" einzubringen und stattdessen seine eigene Freiheit zum Ziel seines Bestrebens werden ließ.

Wegen dieser emotionalen Unreife entfernten wir beide uns schließlich voneinander und suchten außerhalb des ehelichen Bundes nach einem neuen und unverbrauchten Glück. Es mag vielleicht nicht ganz zutreffen, dass wir beide das gleiche anstrebten, vielmehr spukte nur in meinem Kopf ein Neuanfang, vielleicht auch eine neue Liebe. Hingegen versuchte meine so genannte bessere Hälfte nur eine gewisse Abwechslung in sein Ehe-Dasein zu bringen. Selbstverständlich fühlte er sich dazu mit dem Vorrecht ausgestattet, Seitensprünge als sportliche Notwendigkeit zu sehen, so wie das(ein paar wenige :-) Ehemänner eben tun, ohne auch nur im Geringsten daran zu denken, die eheliche Bequemlichkeit, die sich ja durch die Gewohnheit bedingt, aufzugeben. Bei mir war alles anders. Meine enttäuschte Seele wollte sich von einem Unhold trennen, der sie zutiefst verletzt hatte und noch einmal bei Null beginnen. Sich noch einmal verlieben um dann alles besser zu machen. Doch so, wie ich aufgewachsen bin, mit der Angst vor einem strafenden Gott, bestimmte immer das schlechte Gewissen mein Seelenleben. Zuerst fühlte ich mich eigentlich nicht schlecht dabei, eine Liaison und etwas Heimlichtuerei für mich in Anspruch zu nehmen, aber dann erinnerte ich mich immerzu an die richtenden Worte meiner Großmutter, zum Tode einer jungen Frau, die angeblich eine Ehebrecherin gewesen sein soll und nun Gottes gerechte Strafe empfangen habe. Dabei fürchtete ich beileibe nicht um mein Leben, sondern um das der Menschen, die ich liebte. Für mich war Gott damals etwas Bedrohliches, der kleine Sünden sofort bestrafe und für die großen Sünden sich das Schlimmste für uns Menschen ausdenken konnte. Mein Kleinglaube ließ mich Angst mit Ehrfurcht vor Gott verwechseln.

Denn Gott hat seinen Sohn nicht in die Welt gesandt, damit er die Welt richtet, sondern damit die Welt durch ihn gerettet wird. (Joh.3,17)

Das Sakrament der Ehe war unterdessen in einer Scheinheiligkeit verkommen und trotzdem hielten wir daran fest.

Einen losen Bund mit einem anderen Mann einzugehen, geschah damals nicht als Retourkutsche oder anderen niedrigen Beweggründen, es passierte einfach so, wie etwas passieren muss, das unvermeidbar ist, so hatte ich es mir jedenfalls zu jener Zeit zurechtgelegt und damit auch entschuldigt.

Der geschäftliche Termin mit dem Vorbesitzer des spätklassizistischen Gebäudes war die erste Begegnung unsererseits, aber es sollte nicht die letzte bleiben. Mit Abstand betrachtet, aus meiner Perspektive, die mir jetzt ermöglicht, Dinge zu sehen, wie ich sie auch damals schon hätte sehen können, wenn da nicht Angst und Zweifel mit von der Partie gewesen wären, durfte ich mich seinerzeit eigentlich aufrichtig geliebt fühlen. Doch die Wirrungen und diese ungeordnete Lebensführung, die ein schlampiges Verhältnis mit sich brachten, ließen mich schlussendlich resignieren und die Beziehung beenden. Dass diese dann auch wirklich aus und vorbei gewesen war, hat mir dann auch wieder nicht gefallen, ich war beleidigt, weil da jemand kampflos das Feld räumte. Nun kann ich sehen, dass es doch echte Zuneigung gewesen ist und eben auch ehrlicher Respekt vor meinem Entschluss, das Verhältnis zu beenden. Mehr noch, ich sehe ihn unserer Liebe nachtrauern, eine ganz lange Zeit.

„Könntest du mal die Asche ausleeren!" mit diesem Satz, der zum geflügelten Wort in unserer Familie wurde, versuchte ich oftmals mit Humor eine aggressive Anwandlung meines Mannes in angemessene Bahnen zu kanalisieren. Ihn dezent darauf hinweisen, dass durch diesen Satz, der im Grunde genommen bedeutungslos war, einmal eine Familientragödie herauf beschworen wurde.

Es war an Heilig Abend. Wie jedes Jahr erwarteten wir Gäste. Traditionell feierten wir das Weihnachtsfest mit Eltern, Schwiegereltern, Schwester und Schwager meines Mannes. Alles was es in der Vorbereitung zu tun gab, war erledigt. Ohne Hektik und in freudiger Erwartung auf einen schönen Weihnachtsabend deckte ich noch den Tisch für zehn Personen ein und legte im Vorbeigehen ein paar Scheit Holz in den Kachelofen. Das Schürloch des Ofens befand sich im Flur, der Ofen selbst beheizte die

Räume im Wohn - und Essbereich. Der Kachelofen war übrigens ein Tantengeschenk und die gemütliche Bank außen herum war Papas Weihnachtsgeschenk an uns. Handgefertigt versteht sich. Obwohl die Wohnung zentral zu beheizen war, bevorzugte ich die behagliche Wärme des Ofens.

Beim Nachlegen der Holzscheite fiel mir auf, dass der Aschekasten schon ziemlich gefüllt war und ich dachte mir nichts dabei, als ich zu meinem Mann ganz nebenbei bemerkte: „ könntest du mal die Asche ausleeren!" Es ist ja bekannt, dass bei zum Jähzorn neigenden Menschen oft der geringste Anlass genügt, um ihren Aggressionstrieb zu aktivieren, aber dass dieser bedeutungslose Satz derartige Reizwörter beinhaltete, war mir nicht bewusst. Binnen weniger Sekunden verwandelte sich das beschauliche auf das Christkind warten in eine Actionszene ohne gleichen. Noch völlig harmlos ging mein Mann zum Schürloch, zog den Aschekasten heraus und schleuderte diesen mit lautem und dennoch unverständlichem Gebrüll von sich durch den langen Flur der Altbauwohnung, vorbei an den geöffneten Türen der weihnachtlich herausgeputzten Stuben und der festlich geschmückten Tafel. Ein dumpfer Aufprall. Im Nu war alles finster und ein dichter Ascheregen fiel hernieder - auf die gesamte Etage. Ich, die gelernt hatte, bei Wutanfällen dieser Art meist die Contenance zu wahren, schlug mit Fäusten und unschönen Worten wild um mich und sorgte so für einen völligen Kontrollverlust meines Gegenübers. Meine Drohung zur Zwangseinweisung in die Psychiatrie wurde mit einer Morddrohung erwidert und letztendlich verbarrikadierte ich mich mit unseren komplett verängstigten Kindern in ihrem Zimmer. Hätte es damals schon Handys gegeben und es wäre eines davon in meinem Besitz gewesen, würde sicherlich ein Notruf bei der Polizei eingegangen sein, aber so warteten wir verstört hinter der Türe auf das, was da noch kommen möchte. Eine lang anhaltende Stille wurde jäh durch ein nach Friedensangebot klingendem Geräusch unterbrochen. Es war der Staubsauger. Eine kleine Weile noch hielten wir uns in unserer Zufluchtsstätte versteckt, bis wir uns letztlich der Säuberungsaktion anschlossen. Es war Eile geboten, wir erwarteten schließlich Gäste. Der Schaden war nicht ganz zu beheben, aber es war soweit alles bereinigt, um das Malheur vertuschen zu können.

Die ausgeprägte Charaktereigenschaft eines Cholerikers ist nun mal der Jähzorn und dieser macht, weil er sich mit einem sozialen Verhalten schwer tut, nicht nur den Mitmenschen zu schaffen, sondern schadet insbesondere ihm selbst. Dabei spielt es gar keine Rolle, ob er die Wut unterdrückt, oder ob er ihr freien Lauf gewährt, seinen Blutdruck beeinflusst sie allemal negativ.

Häufig steckt hinter diesem Aufgebrachtsein nur eine Reaktion auf eine Frustration. Um wirklich den gesundheitlichen Schädigungen zu entkommen, müsste schon ein

Wandel im innersten des Menschen vor sich gehen. Doch leider wird jedes Übel immer den anderen angelastet und ganz selten ist der Choleriker auf der Suche nach der Wahrheit. Schon gar nicht bei sich selbst. Ganz selten geht er ein versöhnliches Verhältnis mit sich ein und deshalb gelingt es vermutlich auch nicht durch sportliche Höchstleistungen eine Kompensation zu erreichen, unabhängig des sportlichen Erfolges.

Ein Mann, der seinen Zorn nicht zurückhalten kann, ist wie eine offene Stadt ohne Mauern

Sprüche 25,28

freie Übersetzung

Dein Zorn ist wie ein Feuer: Wenn es außer Kontrolle gerät, ist es sehr zerstörerisch.

Als würde ich auf dem Rücken eines riesigen Flugsauriers sitzen und durch die Lüfte schweben, so gleite ich mit einer Leichtigkeit durch die Zeit. Dabei nehme ich teil an dem tränenseligen Innenleben der Person, die gerade unter mir auf dem Fußboden liegt. Leidenschaftslos sehe ich vorüberziehen, was das eigentliche Leben ausgemacht hat, all das, was nur zwischen den Zeilen zu lesen ist und das man nicht in eine Anekdote einfügen kann. Da sind lange Zeitspannen, die sich durch Beständigkeit auszeichnen, egal unter welchen Umständen und es wurden sich Kompetenzen erarbeitet, im geduldig sein und ertragen lernen.

Wir gingen unseren Geschäften nach, als ob es das normalste der Welt wäre. Es wurden die gemeinsamen Interessen gewahrt und man plante das bis dato gemietete Eckhaus käuflich zu erwerben. Tante Anna spendierte schließlich ein erhebliches Sümmchen zum Kauf bei.

Dass wir uns einmal mehr und dann wieder einmal weniger mochten, war an der Tagesordnung und beunruhigte uns nicht wirklich und tangierte auch nicht unsere Zukunftsplanung. Wir sind da eher etwas betriebsblind gewesen, wenn es um unsere eigenen Belange ging, dafür entgingen uns die Schwächen und Verfehlungen bei anderen Paaren keineswegs. Eigentlich haben wir viele gute Chancen vertan in dieser Zeit, unseren Bund zu erneuern, das sehe ich im Augenblick konkret verdeutlicht bei meinem Rückwärtsgehen. Unsere Liebe musste bis hierher schon einige Prüfungen bestehen und war schon mehr als einmal in Frage gestellt. Trotzdem näherten wir uns danach nicht mit dem erforderlichen Bewusstsein an, sondern ließen uns das gegenseitige Verlangen genügen.

Eine intensive Mutter- Kindbindung, unbelastet vom breiten Spektrum der Erziehungskunst, im Umgang vielmehr gefühlsbetont, entschädigte mich für so manche emotionale Verknappung in meiner Ehe. Zusammen mit den Gören war ich meistens in Hottehü- Angelegenheiten unterwegs gewesen, von Reitstall zu Reitstall. Man übernahm Pflegschaft für so manche Schindmähre, verbrachte die freie Zeit auf Reiterhöfen mit Stall ausmisten und Hufe kratzen, nahm an Fuchsjagden teil oder ging einfach nur mit den Vierbeinern spazieren. Auf Empfehlung hin machten wir mit einem Kinderparadies im Fränkischen Seenland Bekanntschaft. Ein Stall voller Ponys und Kleinpferde, die nur darauf warteten, von den Mädchen gestriegelt, gekämmt und geküsst zu werden, da konnte man schon einmal darüber hinweg sehen, dass das Gesamte einen etwas unsauberen und schlampigen Eindruck machte. Obwohl der Wohnbereich nicht leicht von der Stallgasse zu unterscheiden war, fühlten sich die Kinder allesamt sauwohl. Allerdings führten längere Aufenthalte in dieser antiautoritären Lebensgemeinschaft von Mensch und Tier neben der hygienischen Verwahrlosung auch hin und wieder zur Krätze.

An jenem Ort machte ich auch meine ersten Reitversuche. Jester, dreißig Jahre auf dem Buckel und auf einem Auge blind war mein Versuchspferd. Ich brauche mir also keine Gedanken machen, denn Jester kennt den Weg im Schlaf, hat man mir versichert, ich muss also nur im Sattel bleiben, alles andere würde schon der Gaul erledigen.

Jester fand immer mehr leckere Gräser und konnte gar nicht mehr mit dem Fressen aufhören, obwohl die Gruppe längst nicht mehr auszumachen war. Einsam und verlassen standen wir am Wegesrain und ich versuchte verzweifelt mit Schenkeldruck und Hopp Hopp Hopp, Pferdchen lauf Galopp- Zurufen den Klepper zum Weitergehen zu animieren. Wir standen eine ganze Weile, bis Jester plötzlich den Kopf hob und Umschau hielt. Wo waren bloß die anderen?

Aus dem Stand in den Galopp, das hätte man dem alten Pferd gar nicht mehr zugetraut, raste der Zurückgebliebene, um seinen Rückstand wieder wettzumachen. Bereits beim Schritt gehen hatte ich Mühe nicht links und dann wieder rechts vom Pferd zu rutschen, der Galopp aber ließ es einfach nicht zu, mit dem Tier eine rhythmische Verbindung einzugehen, also hüpfte ich gegen den Strich sozusagen auf dem Sattel auf und nieder und hatte große Mühe, mich nicht über den Pferdekopf hinweg in die Lüfte zu erheben.

Um dieses zu vermeiden, versuchte ich mich mit beiden Füßen krampfhaft in den Steigbügeln zu halten, was mir schließlich auch gelang, selbst als Jester nicht gewillt war, wenigstens bergab seine Geschwindigkeit zu drosseln. Wir hatten wieder Anschluss an die Gruppe und die sorglosen Kinder fragten mich unschuldig, ob mir das Reiten auch Spaß machen würde. Und wie!

Das Blut quoll bereits durch die Strümpfe, nachdem Steigbügel und Fußrücken eine Symbiose eingegangen waren und es gab bis dahin keinen Moment in meinem Leben, in dem ich je unentspannter gewesen bin. Meine weiteren Versuche, dem Glück des Lebens auf dem Rücken eines Pferdes zu begegnen, schlugen auch in meinem späteren Leben fehl. Einmal galoppierte ein Camello mit mir los, als ich gerade den Sattel nachgurten wollte und ich dadurch Erfahrung erlangen durfte, wie es sich anfühlt, an einem Pferdebauch zu hängen, ein andermal war es mein Liebling Notariusz, den ich staunen ließ, als ich kurzerhand mit einem Absprung unser Arbeitsverhältnis abrupt beendete, bevor es für mich ein unerwünschtes Tempo annehmen konnte.

Als Großmutter hätte ich den Aufenthalt meiner Enkelkinder in diesem Ponyliebhabenparadies niemals erlaubt, als Mutter hingegen habe ich über vieles hinweggesehen, was den Kindern den Aufenthalt dort hätte streitig machen können. Nicht nur der Kinder wegen. Ein klein wenig Egoismus führte auch dazu, etwas großzügiger mit Missständen umzugehen, schließlich war es das erste Mal gewesen, dass beide Kinder gleichzeitig außer Haus sein würden und die beste Gelegenheit, endlich unsere Hochzeitsreise nachzuholen. Nein, nein, der Hochzeitstermin lag schon über zehn Jahre zurück, nur die Hochzeitsreise stand noch aus. Eigens zu diesem Zwecke hatte meine bessere Hälfte ein Cabriolet erstanden. Samstags gekauft, am Montagmorgen zugelassen und ab durch die Mitte. Es war damals ein roter Matra. Soweit ich mich nicht irre, wurde dieses Modell für seine Unzuverlässigkeit einst mit der goldenen Zitrone bedacht, ein Preis, den man sich durch eine lange Mängelliste richtig verdienen musste. Man sprach davon, dass von diesem Modell nur noch zweihundert Stück europaweit im Umlauf wären. Schließlich kein Wunder. Das Ziel unserer Reise war Rom, oder eben soweit, wie uns der rote Sportwagen bringen würde. Tatsächlich störte ein verdächtiges Klopfzeichen unter der Motorhaube unser überschwängliches Freiheitsgefühl, etwa in der Gegend um die Provinz Bozen. Am Passo del Brennero verlangsamte das rote Elend beängstigend seine Geschwindigkeit und es war abzusehen, wann der komplette Stillstand eintreten würde. Im Schneckentempo hielten wir rechts und links Ausschau nach einer Werkstatt oder Tankstelle. Beinahe zu übersehen, versteckte sich una officina riparazoni in einem Hinterhof. Wir tuckelten durch die Hofeinfahrt und ein junges sympathisches Mechanikergesicht strahlte uns freudig entgegen.

Il motore fa dei rumori strani - oder so ähnlich. Si !

Der junge Mann öffnete die Motorhaube und obwohl mein Mann damals den Schaden hätte schon benennen können, hatte der freundliche Italiener die Diagnose bereits gestellt. In einem überheiteren Ton, wie wir fanden.

Er musterte uns eingehend von oben nach unten und öffnete dann mit einem breiten Grinsen im Gesicht ein Garagentor. Wir trauten unseren Augen kaum, als da einer von den letzten zweihundert Matras in zitronengelb vor unseren Augen stand. Was war das für ein Zufall, noch besser, es sollte dazu noch ein Glücksfall für uns werden. Wenn wir auch nicht alles verstehen konnten, was der stolze Besitzer uns erzählte, aber dass wir ihm sympathisch waren, ist bei uns angekommen. Während ich bei der italienischen Mama einen Kaffee genießen durfte, tauschten die beiden Männer derweil die Ersatzteile aus. Kaputt gegen intakt und nach ein paar Stunden konnten wir wieder Kurs auf Rom nehmen. Der rote Flitzer hat uns doch tatsächlich über die Abruzzen bis in die Ewige Stadt gebracht und auch wieder nach Hause.

Diese Modeerscheinung ließ uns beide kalt, nämlich am Steuer eines Suzuki-Jeeps mit Neonstirnband und Schweißbändern an den Handgelenken zu sitzen, dabei die Vokuhila- Mähne im Wind wirbeln lassen und mit knallbunten Leggings gewandet, unterwegs zum nächsten Aerobic- Kurs zu sein.

Also, die Freude an unserem außergewöhnlichen Wagen währte nicht allzu lange, denn mein Mann war damals ziemlich sprunghaft, was seinen Autogeschmack betraf, und so hatte ich mich seit unserer Heirat bis dato schon an mindestens fünfundzwanzig verschiedene fahrbare Untersätze gewöhnen müssen. Eigentlich waren es noch mehr, aber nicht alle haben bei mir einen rekonstruktiven Eindruck hinterlassen. Ganz besonders im Gedächtnis geblieben sind mir folgende Modelle, für die es tatsächlich für jedes einzelne auch eine Geschichte zu erzählen gäbe. Also, vor dem Matra war es ein Fiat Ritmo, zuvor ein Mercedes Bus, ein 280 E, ein Mercedes 200, ein Mercedes 230, ein 2CV. Der allerdings wurde nur gekauft, weil er billiger zu erstehen war, als die Schneeketten für den 230iger und so als Winterauto dienen sollte, obwohl die Verankerung der Seitenfenster nicht mehr zuverlässig funktionierte und die Scheiben in jeder Kurve entweder nach außen oder nach innen pendelten. Vorher war es ein Buggy, ein VW-Bus, ein Mini Cooper, ein Mini Combi, ein BMW 2,5 l, ein VW Variant, ein VW 411, ein VW Passat, ein R4, ein Porsche 912, ein Porsche 356 B, ein Fiat 500 (als Zweitwagen), ein Mini Cooper, ein Käfer , ein Mercedes Diesel, ein VW Standard, ein Alfa Romeo Cabrio und den Anfang machte ein Glass GT.

Unglaublich!

Der Cinquecento

Äußerst geschmacklos, diese Mode der Siebziger Jahre, so kommt es mir jetzt vor, wenn ich mich in den hohen Plateauschuhen betrachte und diese Schlaghose erkenne, die ich extra an den Seitennähten aufgetrennt hatte, um einen geblümten Stoffkeil einzunähen, dazu hatte ich dieses recht enge Oberteil aus Nicki getragen. Mein Kleiderschrank damals, die reinste Rocky Horror Picture-Show. Selbst bei den Kindern gab es keine Zurückhaltung mit diesen modischen Finessen und bei so manchen Bildbetrachtungen aus dieser Zeit sorgte unser damaliges Erscheinungsbild immer wieder für Erheiterung. Schlimmer wie jede Klamotte allerdings waren die Backenbärte, die so genannten Koteletten bei den Herren der Schöpfung. Trotz dieser stilgefühlarmen Epoche war alles andere eigentlich ganz okay. Zu jener Zeit wohnten wir verhältnismäßig nobel in einer alten Villa in einer vornehmen Gegend. Obwohl damals unsere Mittel überaus bescheiden gewesen waren, hatten wir doch großes Glück bei der Wohnungssuche.

Hochschwanger mit dem zweiten Kind gaben wir ein Gesuch in der Tageszeitung auf und das erste Angebot kam von einer alten Dame, die ihr Herrschaftsanwesen alleine bewohnen musste. Mit uns sollte sich das ändern und es kam sozusagen wieder Leben in die Bude. Das stilvolle Haus war von einem Park umgeben, den wir uneingeschränkt nutzen durften und der durch die tägliche Pflege eines Gärtners traumhaft schön gewesen ist. Ein großes Gartenhaus mit Voliere, ein kleiner Teich mit Freisitz, ein Wäldchen und viel Rasenfläche zum Spielen, Rosen überall und eine Wohnung mit viel Stuck und Ambiente war unser neues Zuhause. Unsere betagte Vermieterin hatte Dank ihrer altersbedingten Schwerhörigkeit die reinste Freude mit der neu zugezogenen jungen Familie.

Es war einladend im Park zu verweilen und so kamen unsere Freunde, aber auch sämtliche Eltern, Großeltern und meine geliebten Tanten regelmäßig zu Besuch. Man hat bei uns gespielt. Im Sommer mit dem Ball, oder es wurden Tischtennisturniere veranstaltet, bei schlechtem Wetter vergnügte man sich mit Brett- und Kartenspielen. Man trank Kaffee und verspeiste Unmengen von Kuchen. Nicht selten stand hinter dem Haus, zwischen den Obstbäumen eine Tafel, an der gut zwei Dutzend Menschen beim Abendbrot saßen. Man erfreute sich der guten Unterhaltung in dieser fernseh- und computerfreien Zeit damals, aber das war halt auch noch in einem anderen Jahrhundert, oder besser gesagt, in einem anderen Jahrtausend.

Die Sonne ist bereits aufgegangen und ich liege immer noch unentdeckt hier in meiner Wohnung. Es herrscht Totenstille und die Jahre fliegen mir nur so um die Ohren.

Es ging auf Weihnachten zu und ich war mit meiner „Großen" unterwegs beim Christbaumkauf. In einem Gartencenter sind die Nordmanntannen im Angebot gewesen und nachdem der Meterpreis bei unserer Raumhöhe doch kräftig zu Buche schlagen kann, natürlich nur, wenn der Baum bis zur Decke reichen soll, und das sollte er, machte ich mich auf die Suche nach einem Schnäppchen. In der Hoffnung, unter diesen Plantagengewächsen etwas Passendes für uns zu finden, schien sich mein Kind unterdessen für etwas ganz anderes zu interessieren. Es war schwarz und klein und es war in einem engen Käfig eingesperrt. Ich gebe es ja zu, dass in Anbetracht der alljährlich wiederkehrenden vorweihnachtlichen Tierverklappung an ein Herz für Tiere Anfällige nicht viel Überredungskunst nötig gewesen war, um mich von dem unverzichtbaren Besitz eines Wachhundes überzeugen zu lassen. Außerdem pries mir meine Große das Hundchen ganz uneigennützig als ideales Weihnachtsgeschenk für ihre kleine Schwester an und so landete Felix der Glückliche tatsächlich unter dem Weihnachtsbaum, welchen ich übrigens erst Tage später erstanden hatte. Er wurde nicht, wie viele seiner Artgenossen, nach den Feiertagen angeleint an einen Papierkorb einer Autobahnraststätte auf dem Weg nach Kitzbühel „entsorgt", sondern durfte sein Hundeleben lang einer von uns sein. Ein Familienmitglied, dem wir mehr Rechte als Pflichten eingeräumt hatten und der uns, speziell mich auf allen meinen Wegen begleitete. Auch dorthin, wo selbst der Kaiser zu Fuß hin geht. Niemand sah es als tragisch an, wenn der Glückliche die Wurst von Opas Abendbrot stibitzte, den Plätzchenteller von dem Buttergebäck befreite, mein Bett auch zu dem seinen machte, oder wenn er, sofern es noch einen freien Platz am Tisch gab, diesen Stuhl auch zu besetzen pflegte, ganz egal wer gerade zu Besuch gewesen ist.

Wir alle liebten Felix und Felix liebte uns. Er war das beste Weihnachtsgeschenk, das wir uns je gemacht hatten.

Winnie die Meersau löste bei mir eine Allergie aus, die ich bis an das Ende meines Lebens nicht mehr losgeworden bin. Ich hätte es mir ja denken können, dass bei einem neugierigen und aufgeweckten Mädchen die Begeisterung für ein langweiliges Wirbelschweinchen nicht lange anhalten kann, und so war ich es schließlich, die sich persönlich um das Wohl des Tierchens kümmerte. Allabendlich durfte es auf meine Schulter, um sich Streicheleinheiten abzuholen und dabei schmiegte Winnie genussvoll sein Köpfchen an meinen Hals. Eine Zeitlang ging das gut. Doch eines Tages zeigten sich nicht nur grässliche rote Flecken auf meiner Haut, es fehlte mir plötzlich auch die Luft zum atmen. Die Schleimhäute in Mund und Nase schwollen an und ein Gefühl, als befände sich ein kompletter Ameisenstaat in meinen Gehörgängen machte die Trennung von Winnie erforderlich. Es ging ihm übrigens nicht nur nicht schlecht bei der neuen Familie in der Nachbarschaft, sondern außerordentlich gut und ich konnte sozusagen wieder beruhigt durchschnaufen. Damals war ich durch eine Hypo - oder Desensibilisierung einige Zeit ohne Beschwerden, doch schon bald vermochten mich weitere Allergene und Reizstoffe zu ärgern.

Nun ist es endgültig vorbei mit dem Feinstaub einatmen und die Hausstaubmilben in meinem Nachtlager haben auch das Nachsehen. Keine Hustenanfälle, keine Niessattacken und keinen Heuschnupfen mehr, wer hätte das gedacht.

Anfang der Siebziger ereilte meinen Vater ein herber Schicksalsschlag. Noch so jung an Jahren erlitt er einen Herzinfarkt. Wir, das heißt mein Vater, Mamutschka und ich waren gerade auf dem Weg zu einem Herrenausstatter, um Papa für seine fünfundzwanzigjährige Firmenzugehörigkeit neu einzukleiden. Unterwegs mussten wir des Öfteren stehen bleiben, weil Papa unter Halsschmerzen klagte und er vermutete, dass sich wahrscheinlich eine Grippe anbahnen würde. Humorvoll übergingen wir seine „Zimperlichkeit" im vermeintlichen Wissen, dass er nur auf der Suche nach einer guten Ausrede wäre, um sich von der Jubiläumsfeier drücken zu können. Am Bekleidungshaus angekommen, mussten wir unsere Theorie leider revidieren, da hatte Papa schon nicht mehr gut ausgesehen. Er wirkte blass und erschöpft und der Anzugkauf wurde mir nichts – dir nichts vom Plan gestrichen. Mamutschka ließ ein Taxi rufen und ich machte mich auf den Nachhauseweg zur schönen Villa.

Mit dem Taxi daheim angekommen, legte sich Papa zunächst einmal flach, erfuhr ich von Mama. Stunden später erst klagte er über Schmerzen im linken Arm, wonach Mamutschka sofort einen eindeutigen Befund mutmaßte. Der Hausarzt war wiederum wegen eines Notfalles verhindert, einen Hausbesuch abzustatten und so kutschierte Mama den inzwischen sehr angeschlagenen Papa selbst in die Praxis. Es wurde ein großer Hinterwandinfarkt diagnostiziert und Gottlob kamen die rettenden Maßnahmen nicht zu spät.

Nach einem sechswöchigen Krankenhausaufenthalt und einem zeitgleichen Verbleib in einer Rehabilitationseinrichtung kam mein Vater um etliche Kilos abgespeckt wieder putzmunter nach Hause. Seinen Lebensstil hatte er verändert. Das Auto blieb häufiger in der Garage und er ging zu Fuß oder machte seine Besorgungen mit dem Fahrrad. Gleichsam wandelten sich die Urlaubsgepflogenheiten. Kein Faulenzen am Strand mehr, sondern Berg- und Skitouren von Hütte zu Hütte waren jetzt angesagt. Mamutschka machte alles brav mit und hatte stets ein wachendes Auge auf den Mann, der für sie auf ewig ein Patient geblieben ist. Diese übertriebene Fürsorge und Phrasen wie: das ist nicht gut für dich - du darfst das nicht- du musst besser auf dich achten…Ecetera hatten damals meinen Vater angeblich schwer zugesetzt. Die Liaison mit einer Geschäftskollegin ließ sich dadurch allerdings nicht entschuldigen. Schon zweimal nicht von mir. Ich bin ziemlich desillusioniert gewesen, als ich von diesem Techtelmechtel erfahren hatte und wenn es für mich damals so etwas wie eine Vaterfigur gegeben hatte, stürzte sie durch diese Affäre vom Sockel.

Diese innerliche Abkehr von diesem Gelübde brechenden Vater war aber nur kurzfristig, bis der Vorfall vollkommen im Sinne von Mamutschka bereinigt und in seiner Gänze totgeschwiegen war.

Alles mit sich selbst ausmachen, mit Problemen nur nicht an die Öffentlichkeit oder gar Menschen, die einem lieb sind, damit zu belästigen, war in unserer Familie nicht nur eine Schwäche, das Verdrängen von Schwierigkeiten oder Dinge nieder zu halten und aus dem Bewusstsein zu streichen war auch eine unserer Stärken.

Im selben Zeitraum entdeckte ich zum ersten Mal einen sinkenden Wahrheitsgehalt in meiner heilen Welt. Mein Partner gab mir plumpe, ins Detail gehende Antworten auf Fragen, die ich nie gestellt hatte. Diese Tollpatschigkeit machte mich neugierig und misstrauisch, zumindest was die eheliche Treue anbelangte. Ich reimte mir etwas zusammen und das war Anlass genug gewesen, um Detektiv zu spielen. Es war nur eine fixe Idee und eine ganz vage Vermutung von mir, mein Mann könnte die angekündigten Überstunden gar nicht im Betrieb abarbeiten und so fuhr ich damals unseren alten BMW zu der Stelle meiner Eingebung. Zuerst entdeckte ich sein Motorrad, danach den Rest.

Die Situation überforderte mich ein wenig und explosive Gefühlswallungen ließen mich den Zweifünfer nach einem Kickstart auf höchste Touren drehen, doch das Heulen des Motors vermochte mein Geplärre nicht zu übertönen.

Fazit: Gebrochenes Herz, durchgebrannte Zylinderkopfdichtung, weißer Qualm und ein VW Passat löste den Motorgeschädigten ab.

Ein guter Freund ist bei einem Motorradunfall ums Leben gekommen. Er war gerade Papa geworden. Da wird der eigene Kummer auf der Stelle relativiert.

Klein aber fein. Ein Cinquecento sorgte für die notwendige Mobilität, auf die ich als berufstätige Mutter nicht gerne mehr freiwillig verzichtet hätte. Der kleine fahrbare Untersatz verfügte über einen kleinen Handgriff am Armaturenbrett, damit der Beifahrer in Kurvenlage seine Sitzposition stabilisieren konnte. Für Sicherheitsgurt gab es noch gar keinen Sprachgebrauch. Glücklicherweise bin ich nicht mit Kind unterwegs gewesen, als mir ein unachtsamer Verkehrsteilnehmer die Vorfahrt genommen und den Fünfhunderter voll von der Breitseite gerammt hatte. Meine kleine Tochter bevorzugte nämlich mit Vorliebe den Stehplatz zwischen Beifahrersitz und Windschutzscheibe, wobei ihre kleinen Hände die Haltevorrichtung umklammerten. Nicht auszudenken, wenn sie an Bord gewesen wäre, denn bei vergleichsweisen Unfällen hatten damals Menschen vielfach ihr Leben lassen müssen. Die

Einführung von Sicherheitsmaßnahmen rund um das Automobil und die Gurtpflicht haben diese traurige Bilanz drastisch reduziert. Bei diesem Unfallhergang saß eine gute Freundin neben mir, die ausgerechnet zu diesem Zeitpunkt die Fahrschule besuchte und durch den Vorfall erst einmal richtig entmutigt worden ist. Nach dem Crash kippte der Cinquecento zunächst einmal zur Seite und bewegte sich ein Stück weit auf zwei Rädern vorwärts, bis er mit einem Rums wieder mit allen Vieren Bodenhaftung bekam. „Geht's dir gut", mehr habe ich nicht gefragt, nachdem wir zum Stehen gekommen waren. Meine Freundin vermochte nur mit dem Kopf zu nicken, um meine Frage zu beantworten. Teilnahmslos und ohne Regung saßen wir, nicht einzuschätzen wie lange, im völlig demolierten Auto, bis Passanten an die Scheibe klopften und uns aufforderten, doch auszusteigen, weil sich irgendwo im Motorraum ein Feuer entzündet hatte. Eine der beiden Türen ließ sich noch öffnen, doch bevor wir versucht haben, uns aus dem Wrack zu befreien, brachten wir unsinnigerweise zuerst unseren Einkauf, der auf der Rückbank lag, in Sicherheit. Es war ein Laib Brot, übersät mit Glassplittern und schwierig zu bergen. Wir taten es doch, um ihn danach an der Bordsteinkante abzulegen. Seltsam.

Kurz nachdem meine Zweitgeborene auf die Welt gekommen war, fanden in München die Olympischen Spiele statt, die durch die Geiselnahme und Ermordung von israelitischen Athleten überschattet wurden. Gleichwohl dieser unheilvollen Tragödie, ließ sich die gesamte Damenwelt verzaubern von „Mark the Shark"

(Mark Spitz), einem US amerikanischen Sportler, der sich sieben Goldmedaillen erschwommen hatte, trotz strömungsungünstiger Frisur und Schnauzbart.

In jenem siebenjährigen Zeitabschnitt, quasi in der vierten Epoche meines Lebens betrat das erste Mal ein Mensch den Mond. Eine unglaubliche Vorstellung für mich und meinen technologisch unbegabten Verstand. Grass empfand ich damals den Gegensatz zur medizinischen Entwicklung, nachdem eine gute Freundin meiner Mutter nach einer verhältnismäßig harmlosen Operation an den Folgen unvorhersehbarer Komplikationen verstorben war.

Dem Geburtsjahr nach gehöre ich zwar zu der klassischen Achtundsechziger- Generation, doch einen Beitrag zu dieser sozialen Bewegung habe ich nicht wirklich geleistet. In der eigenen Familie gab es wenige Spannungen zwischen den Generationen, da hatte vor mir der Elvis Presley- Jahrgang bereits Vorarbeit geleistet. Gut, man hatte sich damals mehr an den Gleichaltrigen orientiert und nicht an den Älteren, ein wenig gegen die herrschende Ordnung rebelliert, die verklemmte Sexualmoral angeprangert und auch kleidungsmäßig nicht den gesellschaftlichen Erwartungen entsprochen, aber das nahm die Familie gelassen hin und es hatte in Wahrheit auch nichts mit einem wirklichen Aufstand zu tun. Verstöße gegen Benimmformen gab es auch nicht. Mitmenschen höflich zu begegnen war und blieb eine Selbstverständlichkeit.

Eine frühe Mutterschaft ließ an mir die Friedensmärsche vorüber ziehen und für die Frauenbewegung, bei der es sich damals fast ausschließlich um den Paragraphen handelte, fehlte mir sowieso jegliches Verständnis.

Statt Kampf gegen die Autorität besuchte ich die Abendschule und machte meinen Meister. Mit einer Sondergenehmigung wurde ich trotz des noch nicht erreichten Mindestalters zur Prüfung zugelassen und brachte für mich zum Abschluss was ich einmal mit einer Lehre begonnen hatte.

Entwicklungsjahre

Aber jetzt denke ich, dass mich so langsam Irgendjemand vermissen müsste, oder ist heute vielleicht Sonntag, wieder einer dieser einsamen und eintönigen Sonntage. Nein, nein, wir sind mitten in der Woche und es kann nicht mehr lange dauern, bis man mich hier findet. Außerdem bin ich mit meinem Leben noch gar nicht ganz durch.

Hatte ich doch kurz vor meinem Ableben eine starke Ähnlichkeit mit meiner Mutter, was in jungen Jahren nicht so ersichtlich gewesen war, auch konnte ich manches mal das Gesicht meiner Großtante Mina schauen, aber jetzt treffe ich eine junge Frau an, deren Gesicht noch so was von unbeschrieben ist, dass ich mich beinahe selbst nicht erkenne. Dabei bin ich damals gar keine Debütantin gewesen, sondern hatte zu diesem Zeitpunkt der Rückschau schon mehr erlebt, wie so manch andere junge Maid meiner Generation. Diese siebenjährige Teilstrecke meines Lebens beinhaltete meinen gesamten Reifungsprozess, von der Pubertät bis hin zur Geburt meines ersten Kindes.

Da saß ich nun am Bettchen der Neugeborenen und heulte. Sie weinte auch und ich wusste nicht warum. Man ließ mich einfach mit ihr alleine und das mit dem Mutterinstinkt, na ich weiß nicht. Ich hatte Angst und es fehlte an jeglichem Gespür für die Bedürfnisse meines Mädchens. Bislang durfte ich das Kind ja nur einmal in der Entbindungsklinik baden , doch da waren so viele Augen auf mich gerichtet, so dass dem Kind nicht wirklich Gefahr durch mich drohen konnte, aber jetzt so alleine mit ihr, fühlte ich mich völlig hilflos. Wenn ich nicht ihren Atem überwachte, legte ich sie trocken, danach an die Brust und dann wieder alles von vorne. Halt, nicht zu vergessen: In minimalen Zeitabständen hatte ich sie dann doch gebadet, denn diese Art von Zuwendung ging mir inzwischen gut von der Hand. Als meine Ängstlichkeit wich, entspannte sich alles und mein Mädchen entpuppte sich als ein völlig pflegeleichtes Menschenkind.

Die Entbindung selbst war beinahe noch schlimmer als Großmutter unkte. Sie machte mir Angst und mit dieser Erwartungshaltung widerfuhr mir auch zwangsläufig das Prophezeite. Der Ehemann beschäftigte sich mit Wehrdienst leisten und deshalb verbrachte ich die letzten Tage vor der Niederkunft bei meinen Eltern und nächtigte in meinem ehemaligen Mädchenzimmer. Kurz und gut, mein Kind ist ein Sonntagskind geworden, das ich in einem Belegkrankenhaus zur Welt gebracht hatte, nachdem mich Mamutschka kurz nach Sonnenaufgang dort an der Pforte abgegeben hatte. Der Willkür von strengen Ordensschwestern und einer hartherzigen Hebamme ausgeliefert, schenkten diese mir wenig Beachtung, sondern ließen mich in den Wehenpausen im Flur auf und ab gehen. Bis hin zur Geburtsphase gab es für mich keine Ruhestatt, sondern nur einen harten Stuhl am Ende des Ganges, wo ich während der Wehen verkrampft Platz nehmen durfte. Nach erschöpfenden Stunden sehnte ich mich nach einem Bett zum Ausruhen, aber die Hebamme meinte nur, ich solle mich nicht so zieren und jetzt einfach spüren, dass Kinder machen weitaus schöner ist, als das Kinder kriegen.

Zwanzig Jahre und zwei Tage jung bin ich bei der Geburt meiner Tochter gewesen. Man zeigte mir die Kleine kurz, teilte mir Gewicht und Größe mit und hielt es für angebracht Mutter und Kind zu trennen. Ich gehörte auf die Wöchnerinnenstation und das Mädchen ins Säuglingszimmer. Basta.

Die fürsorglichen Menschen vom Jugendamt legten meinen Eltern immer wieder nahe, mir doch ihre Einwilligung zu einer Eheschließung mit diesem Auserwählten zu verweigern. Umsonst. Obwohl man sich für mich einen etwas reiferen und im Umgang höflicheren Partner gewünscht hätte, wurde letztendlich meiner Bitte stattgegeben und ich denke, dass meine Eltern dabei nicht ein uneheliches Kind mit Schande in Verbindung gebracht hätten. Der Jugendrichter gab schließlich für beide Eheanwärter sein okay und einer Hochzeit stand nichts mehr im Wege. Sie wurde komplett von Mamutschka organisiert und ein Mitspracherecht der Beteiligten war ausgeschlossen. Unsere Mündigkeit war reine Theorie, in der Praxis hatten wir noch nichts zu sagen.

Durch die Eheschließung am Standesamt verpflichtete man sich nach moderner bürgerlich rechtlicher Auffassung laut BGB Paragraph dreizehndreiundfünfzig bis fünfzehndreiundsechzig zu einer innigen Gemeinschaft zweier gleichberechtigter Partner. Die Notwendigkeit gegenseitiger Verständigung trat anstelle des Gehorsams, den in früheren Zeiten die Ehefrau dem Eheherrn schuldete. Unter anderem war unter Recht und Gesetz im Leben der Familie im Stammbuch nach der Heiratsurkunde zu lesen:

Die Frau wird weiterhin das gemeinschaftliche Hauswesen leiten, während der Mann vorwiegend für den Unterhalt der Familie sorgen wird. Dabei ist jeder Eheteil verpflichtet,dem anderen im Hauswesen und im Geschäft nach Kräften zu helfen, ohne dass er dafür grundsätzlich eine Vergütung beanspruchen könnte.

Eine Frau, die nach dieser Rechtsordnung lebend ihrem Ehemann den Haushalt führte und ihn außerdem in geschäftlichen Bereichen unterstützte, insbesondere wenn der Eheherr, der damaligen Zeit entsprechend altmodisch ausgedrückt, ein eigenes Geschäft betrieben hatte, legte zu dieser Zeit unbewusst und durch die Gesetzgebung geregelt, den Grundstein für eine Altersarmut.

Nachdem die Ehe aber jenseits der Rechtsordnung von sittlichen und christlichen Werten geprägt sein sollte war für uns neben dem Standesamt eine kirchliche Trauung gewünscht. An einem Sonntag, wie Mama das geplant hatte und fünf Tage nach dem Standesamt sollte dieser schönste Tag stattfinden. Es war sehr kalt an diesem Morgen, schließlich hatten wir ja Dezember. Mein Brautkleid, ein Ensemble aus Minikleid und Mantel aus dem gleichen Wollstoff, den Mamutschka für sündteures Geld erstanden hatte, kaschierte ganz gut mein Schwangerschaftsbäuchlein. Üppig gelockt mit kleinen Röschen im Haar und leicht beschuht stand ich neben meinem Bräutigam, den ich übrigens an diesem Tag das erste Mal im Anzug gesehen hatte und der gerade eben den roten Alpha Romeo mit Füßen traktierte. Ohne Überbrückung war da gar nichts zu machen, womöglich war es zu frostig für den Italiener. Händewaschen war jetzt nicht mehr drin, doch trotz einiger Verspätung durften wir dann schon noch an unserer eigenen Trauung teilhaben , nachdem uns der Mesner im Laufschritt am Kirchenportal in Empfang genommen hatte.

Zeitlich zwischen Standesamt und Kirche bezogen wir damals unser erstes gemeinsames Zuhause. Eine großzügige Zweiziküba-Neubauwohnung am Land, umgeben von Rübenäcker und Wiesen. Man tat es damals den Alten gleich und so wurde unser Wohnzimmer im altdeutschen Stil eingerichtet mit mächtigen Möbeln, üppigen Gardinen mit Schabracken und Kordeln und nicht zu vergessen, die brokatene Rautentapete. Das Schlafzimmer in weißem Schleiflack und ebenfalls mit überreichlichem Schnickschnack versehen, träfe heute nicht annähernd mehr meinen Geschmack. Es war schon komisch damals, am ersten Abend zu zweit alleine. Wir wussten nicht wirklich miteinander umzugehen und saßen beide da und weinten. Sicherlich nicht vor lauter Glück, eher wegen dieser wehmütigen Stimmung und der unumstößlichen Wirklichkeit, die uns unseren Kinderzimmern entrissen hatte. Ich bin damals auch nicht gut vorbereitet gewesen auf diese Selbstständigkeit, die mich stetig vor neue Aufgaben stellte, wenngleich mir die Koch- und Nähkurse, die eine angehende Ehefrau ehedem zu absolvieren hatte, schon ein bisschen Fundament geworden waren. Daheim bei Muttern musste ich mich allerdings nie in häuslichen Angelegenheiten einbringen, ganz im Gegenteil, Mama ließ sich unter keinen Umständen ins Handwerk pfuschen, wie man so schön sagt. Das war von ihr nur gut gemeint, aber meine Kenntnisse in Haushaltsdingen blieben dadurch eben minimiert. Ich weiß gar nicht, wie oft ich diese Geschichte schon erzählt habe; neben dem chinesischen Huhn und dem spanischen Würzfleisch, das ich in regelmäßiger Folge immer wieder auf den Speiseplan setzte, weil mir diese Gerichte seit dem Kochkurs einigermaßen gelungen sind, versuchte ich mich einmal im Spaghetti kochen. Man muss ausdrücklich erwähnen, dass diese Nudeln in der deutschen Küche nur bei Italien Reisenden bekannt gewesen sind, alle anderen kochten damals Sputnik- Nudeln, deren Name von russischen Satelliten abgeleitet wurde. Also, die Soße und Nudeln waren einigermaßen gelungen, es fehlte nur noch der Reibekäse zum drüber streuen. Der junge Gouda schien mir zu saftig zum reiben, so legte ich Einfaltspinsel einfach das Käsestück zum trocknen auf die Heizung. Dieser geistreichen Tat folgte die Bemühung, den dahingeschmolzenen Gouda vom Heizkörper wieder abzukratzen, außerdem machte man sich deswegen noch lange über mich lustig. Aber, wie heißt es so schön: Es ist noch kein Meister vom Himmel gefallen und ich musste erst einmal ein Lehrgeld nach dem anderen bezahlen.

Ganz unbeschwert verlief die Zeit des Kennenlernens für mich nicht gerade und doch wünschte ich mir nichts mehr, als diese Verbindung zu vertiefen. Mein Zukünftiger war solange ich denken kann, mordsmäßig problembehaftet. Das waren unter anderem die Meinungsverschiedenheiten mit Kollegen oder mit allen seinen Chefs, wie in späteren Jahren auch mit seinen Angestellten, die ihn immer wieder zu einer Neuorientierung zwangen, damals waren es auch seine fahruntüchtigen Autos, die ihn, wenn sie denn wieder fahrbereit gewesen sind, geradeso Schwierigkeiten bereiteten, wenngleich anderer Art. Das unermüdliche Herumnörgeln meiner Eltern an dieser Beziehung machte mich eigentlich zum engsten Verbündeten des unerwünschten Partners. Außerdem war ich in der

Lage, stundenlange Telefongespräche mit ihm zu führen, obwohl ich ihn gerade erst gesehen hatte oder das nächste Date bevorstand. Rendezvous oder Stelldichein nannte man das damals. Die Zeit, die ich nicht mit ihm verbringen konnte verging schleppend und es machten nur noch die Dinge Freude, die man gemeinsam erleben durfte. Es war viel Bauchkribbeln im Spiel.

In der Lebensphase der Adoleszenz, deren Verlauf sich durchaus bis zur Volljährigkeit hinziehen kann, braucht man ein Gegenüber, das einem verhilft, sein eigenes Erscheinungsbild zu akzeptieren, indem man schlichtweg gefällt. Durch diese Reflexion bringt man die emotionale Unabhängigkeit zu seinen Eltern voran und es beschleunigt sozusagen die Abnabelung. Sich allerdings in diesem Entwicklungsstadium schon dauerhaft zu binden, hemmt wiederum den Reifungsprozess, der eigentlich einer Richtung gebenden Obhut bedingt. Sich auszuprobieren, sich zu suchen, Dinge ganz allein für sich selbst zu beanspruchen geschieht am besten in einer Freiheit, die nur in der Lebensphase zwischen Kind-Sein und Erwachsen-Werden zu finden ist und trotzdem einer behütenden Weichenstellung bedarf.

Wir sind gerade im Begriff gewesen, diesen Schutz gebenden familiären Bund in ein gewagtes Unternehmen zu verlassen.

Es ist mein allererster Liebesbrief gewesen, den ich bekommen habe, abgesehen von den bekritzelten Zetteln, die einem im Pausenhof so zugesteckt wurden. Er war zu schön, doch er half nicht, mich von diesem Freund nicht zu trennen. Mamutscka hatte dieses Schriftstück so viele Jahre aufbewahrt, ich fand es bei der Auflösung ihres Haushalts in ihrem Wäscheschrank wieder. Jedenfalls ist sie damals sehr traurig gewesen über diesen Verlust, denn dieser junge Mann pfiff nicht einfach durch die Finger, wenn er mich am Sonntag von zuhause abholte, sondern stand mit Blumen und einem Handkuss für die Mutti vor der Türe. Im Anzug versteht sich. Manches mal mit Mantel und Pepitahut. Sein Erscheinen wirkte so untadelig, aber seine moralischen Handlungsmaßstäbe gingen nicht konform mit den meinen. Die Begegnung mit dem Mädchen, oder besser gesagt, der jungen Frau, war wirklich reiner Zufall. Wir kamen aus derselben Stadt, trugen den gleichen Namen und teilten uns, ohne voneinander Kenntnis zu haben, den gleichen Freund. Dass dieser sich letztendlich für mich entscheiden wollte war nicht mehr von Belang, er musste gehen. Geblieben ist die junge Frau. Ab der zweiten unerwarteten Begegnung, wir waren beide bereits mit unseren Lebenspartnern liiert, begann eine wunderbare Freundschaft, die im Laufe des Lebens mehr und mehr an Bedeutsamkeit zugenommen hatte und mich bis zu meinem Todessturz herzlich begleitete.

Während der Durchreise der psychischen und physischen Entwicklungsprozesse zur Findung meiner Identität machte in der richtigen Welt so einiges Geschichte. Zum Beispiel brachte unter anderem die Kubakrise die Supermächte USA und UdSSR an den Rand des dritten Weltkrieges. John F.Kennedy wurde ermordet, ebenso sein Bruder Robert, sowie der Bürgerrechtler Martin Luther King. In Südafrika verlief die erste Herzverpflanzung mehr oder weniger erfolgreich, es wurden die Folgen der Einnahme des Schlafmittels Contergan publik und die Schauspielerin Marilyn Monroe wurde tot in ihrer Wohnung aufgefunden. Während Bauknecht wusste, was Frauen sich wünschen, begann im Hause meiner Großmutter der Fortschritt. Waschmaschinen und Kühlschränke wurden erschwinglicher Standard, die alte Anrichte wurde für eine Schwedenküche ausgetauscht, im Hause wurden Mauern eingerissen um Platz für Bäder zu schaffen, die das alte Waschhaus mit dem Wasserkessel und der Zinkwanne, ebenso das Plumpsklo über dem Hof überflüssig machten. Derzeit erschien die Entwicklung ziemlich progressiv, gerade der Dinge, die der Erleichterung des täglichen Lebens dienten. Großmutter zauberte mit ihrem Starmix die leckersten Milchmixgetränke, die den kalten Lindeskaffee aus der Blechkanne ersetzten. Ich selbst machte den Führerschein und außerdem barg dieses Jahrsiebt auch noch mein Leben als Beatles-Fan und den Besuch ihres Konzertes in München, das ich mit meiner besten Freundin besuchen durfte. Unsere Väter hatten einiges auf sich genommen, damit wir beide diesem Ereignis beiwohnen durften. Der Meinige war dazu auserkoren die Eintrittskarten zu beschaffen, der Vater meiner Freundin musste diejenige selbe aus dem tiefsten Italien mittels Urlaubsunterbrechung nach München bringen, wo wir uns dann doch tatsächlich in der Menschenmenge vor dem Zirkus Krone - Bau getroffen haben. Dieses Konzert ist sozusagen der Anfang vom Ende, ein krönender Abschluss unserer Beatles - Ära gewesen, dabei sind wir die größten Fans überhaupt gewesen, der sich die Beatles jemals rühmen durften.

Ein Tänzchen in Ehren kann niemand verwehren, und schon gar nicht, wenn man von meinem Vater aufgefordert wurde. Er ist der Standardtraumtänzer schlechthin gewesen und ich sehe meine Eltern heute noch durch die Wohnküche schwofen und mit achtundsiebzig Umdrehungen in der Minute tönte von der schwarzen Schellack Gerhard Wendlands „Tanze mit mir in den Morgen" oder Fred Bertelmanns „Lachender Vagabund" und zwischendurch immer wieder Glenn Miller mit „In The Mood". Wer damals etwas auf sich hielt, legte sich einen Musikschrank zu, so eine Art Vitrine, in der ein Radio, ein Plattenspieler und eine Vorrichtung zur Aufbewahrung von Langspielplatten eingebaut waren. Über Jahre wohnten dort Caterina Valente, Vico Torriani, Freddy Quinn, Harry

Belafonte und die Kilima Hawaiians mit ihrem traurigen Lied „es hängt ein Pferdehalfter an der Wand".

Aufklärung erfuhr ich durch die Bravo und meine ersten Tanzschritte übte ich unter Ausschluss der Öffentlichkeit in Großmutters guter Stube. Diese wurde an Wochentagen nicht benutzt und auch nicht beheizt. Oma hatte nichts dagegen, dass ich den Plattenspieler ihres jüngsten Sohnes, also den meines Onkels benutzte samt seiner Plattensammlung. Heimlich versteht sich. Der Onkel ist gerade einmal ein paar Jährchen älter als ich gewesen und seine Scheiben waren bereits aus Vinyl. Mit let's Twist again versuchte ich mich im Takt zu bewegen und die Glasscheibe in Omas Buffet diente mir als Spiegel und half mir meine Bewegungen zu kontrollieren und zu vervollkommnen.

Let' Slop, die Surf's und Shakes, durfte ich bereits in Gesellschaft ausprobieren, wenngleich auch nicht immer legal. Es ist schon vorgekommen, dass eine abendliche Spazierfahrt mit dem Fahrrad vorgetäuscht wurde, das Ziel, ein Tanzclub mit Live-Band in der Stadt, wurde allerdings verheimlicht. Öffentliche Besuche waren dagegen die Tanzveranstaltungen namens Record Hop, bei denen es im Gegensatz zu den diversen Schuppen, wie man die Tanzlokale mit Live-Musik gerne nannte, ziemlich solide und bürgerlich zugegangen ist. Roy Black hieß noch Gerd Höllerich und versuchte sich damals mit der Nachahmung von Elvis Presley, was dem Timbre seiner Stimme recht zuträglich gewesen war und hatte neben Michael Holm und Mal Sondock die Schallplatten zum sogenannten Record Hop aufgelegt.

Die Ausgehzeiten sind damals noch moderater gewesen, als beim Ende meines Daseins, man ging nicht erst kurz vor Mitternacht auf die Pirsch, sondern versuchte zu dieser Stunde spätestens zuhause zu sein. Dafür sorgte auch Papa, der unverdrossen den Tochter Bring – und Abholdienst gegeben hatte.

Es stand außer Frage, dass ich einmal etwas anderes machen könnte, als das für mich Vorgesehene, nämlich eine Lehre im mütterlichen Kleinstbetrieb, mit einer Miniaturvergütung von monatlich dreißig Mark und ohne geregelte Arbeitszeit, mit einer Einsatzbereitschaft an sechs Tagen in der Woche. Eine Mittagspause gab es nicht direkt, ich durfte nur zwischendurch mal schnell etwas essen, was dann schließlich auch zu einer meiner großen Unarten geführt hatte, durch die es lebenslänglich nicht einmal vorkam, dass ich nicht als erste am Tisch meinen Teller leer gegessen hatte, gleichgültig mit wem ich speiste. Was war das doch für ein fragwürdiger Rekord.

Der Sonntagsbraten

Noch immer taste ich mich entlang meiner Lebensreise und lege Bild für Bild ad acta und konzentriere mich auf das, was kommen mag.

Um für den Ernstfall, einem eventuellen Krieg zwischen der Nato und dem Warschauer Pakt gerüstet zu sein, wurde der Bevölkerung vom Bundesernährungsministerium dringlichst geraten, jeder Haushalt solle sich einen Krisenvorrat anlegen. Ich erinnere mich gerade, dass diese Initiative unter dem Namen „Aktion Eichhörnchen" bekannt geworden ist.

Die Menschen hatten Angst, ganz besonders meine Großmutter. Bauruinen prägten immer noch das Straßenbild und erinnerten als Zeitzeugen an die Schrecken des letzten Krieges.

Durch die vielen Brauereien, die in der Gegend angesiedelt waren, gab es noch zahlreiche Pferdefuhrwerke. Die Bierkutscher ließen die Peitschen knallen und die Hufeisen der mächtigen Kaltblüter klapperten auf dem Kopfsteinpflaster durch die Innenstadt.

Einmal in der Woche, am Dienstag Nachmittag durfte ich mit Mamutschka in die Stadt. Mit ihr unterwegs zu sein, ist immer etwas ganz besonderes gewesen. Es gab entweder ein neues Kleid für mich, manchmal aber auch für meine Puppe, oder ich durfte mir Schuhe aussuchen, ein andermal vergnügten wir uns im Volksbad und danach gab es Kuchen oder Eis. Beliebt bei mir waren auch die Besuche in der Milchgaststätte im Stadtpark, wo ausschließlich Süßspeisen auf der Speisekarte standen und ab und an mischten wir uns unter die feinen Leute und kehrten bei Feinkost Engelbrecht ein. Mein Favorit dort war ein Blätterteigpastetchen, gefüllt mit Ragout fin.

Meine erste Jeans, ebenfalls an einem dieser unwiederbringlichen Nachmittage mit meiner Mutter erstanden, brachte mir mächtigen Ärger, besser gesagt eine ordentliche Backpfeife (Ohrfeige) ein. Das Lehrerkollegium riet mir einstimmig zu tadelloserer Kleidung und schickte mich postwendend wieder heim.

Im Hause der Großeltern logierten gar viele. Neben Oma und Opa, dem kleinen Bruder von Papa, meinen Eltern und mir, wohnten da auch noch eine Schwester von Opa mit Mann und den Zwillingen und eine andere Schwester von Opa, alleinstehend und ein klein wenig plemplem, seit ihre uneheliche Tochter mit einem Besatzungssoldaten über den großen Teich ausgewandert war, ihr einziges Enkelkind nie deutsch sprechen lernte und ihre Briefe nur selten beantwortet wurden.

Ein Brunnen in der Mitte des Hofes wurde zum all samstäglichen Arbeitsplatz für Großvater. Er schälte dort einen Eimer voll Kartoffeln, die Oma für die Klöße zum sonntäglichen Braten benötigte. Wenn sich Besuch angekündigt hatte, was an den Wochenenden meist der Fall gewesen ist, bewirtete man die Gäste in der guten Stube.

Es kam aber auch nicht selten vor, dass man in den Sommermonaten Ausflüge in die nähere Umgebung machte und mit der gesamten Sippschaft im Wirtshaus Einkehr hielt. Ich liebte diese Landpartien mit der buckligen Verwandtschaft. In grausiger Erinnerung da-gegen blieb mir ein gewisser Sonntag, als Großmutter mich während des Essens fragte, ob mir der Hansi auch schmecke.Ich hörte den Großvater wegen Omas Äußerung noch fluchen als ich aus dem Zimmer stürmte, um im Garten nach meinem Häschen zu sehen. Der Stall ist leer gewesen, das Geplärre groß, Mama und Oma kamen sich wegen Hansi in die Haare und mich befiel eine unendliche Traurigkeit.

Ich hatte schon so manchem Massaker beigewohnt, wenn es darum ging, einem Huhn für eine gehaltvolle Suppe den Kopf abzuschlagen, Tauben für Papas Lieblingsessen den Hals umzudrehen, aber das Hasen schlachten hätte ich mir nie und nimmer angesehen. Ganz ohne jegliche Not musste nun mein Hansi als Sonntagsbraten herhalten, dafür hasste ich meine Großmutter. Das erste Mal in meinem Leben fühlte ich diese Hilflosigkeit, mit der man eine grausame Wirklichkeit akzeptieren und gleichzeitig deren Schmerz aushalten musste.

Wie gesagt, es gab auch lustigere Tage in meiner Kindheit und zu diesen zählten mit Sicherheit die Besuche von Onkel Hans,wenn er gerade wieder einmal von einem langen Orientaufenthalt mit Geschichten und Gaben zurückgekommen war.

In gemütlicher Runde lauschte man seinen lebhaften Erzählungen, wie aus „Tausend und einer Nacht", die so viel fremdes und erstaunliches vermittelten. Das Beste kam zum Schluss. Die meisten seiner Mitbringsel aus dem Morgenland waren in der Regel für mich bestimmt. Da gab es mit Gold bestickte Schnabelschuhe, türkischen Honig, Ringe und Haarspangen mit reichlich bunten Steinen besetzt und für die anderen Damen in der Runde große Broschen und Anstecknadeln aus Halbedelsteinen.

Die Pubertät, oder das was mir jetzt noch in Erinnerung geblieben ist , setzte bei mir sehr spät ein. Zur Konfirmation wünschte ich mir noch eine Puppe, die am Gabentisch neben dem Silberbesteck, den Handtüchern, der Bettwäsche und sonstigen Aussteuersachen recht verloren wirkte. Einerseits ist dieses kindliche Spiel mit der besten Freundin noch intensiv gewesen, dazu hat sich dann doch schon das Interesse an weltlichen Dingen dazu gesellt. Radio Luxemburg zum Beispiel. Wir suchten auf der Skala an dem großen Kasten von Grundig die Stelle, an der das Kratzgeräusch am geringsten gewesen ist und lauschten der Hitparade. Für die ersten Schwärmereien hatten wir uns Thomas Fritsch auserkoren und beim sonntäglichen Kinobesuch hatten wir uns in einem Hausflur in der Nachbarschaft die Lippen mit einem hellrosa Lippenstift bemalt. Die Wimperntusche ist eine harte schwarze Masse in einer kleinen Schatulle gewesen, die man mit einem kleinen Bürstchen auftragen konnte, allerdings erst, nachdem man sie mit Spucke angefeuchtet hatte. Und wehe der Film war zum heulen, dann liefen breite schwarze Bäche über die Wangen, die gar nicht mehr so leicht zu entfernen gewesen sind. Auf eine Backe malte man sich schon mal einen schwarzen Punkt, der auch etwas größer ausfallen durfte, weil es sich dabei schließlich um einen Schönheitspunkt gehandelt hatte.

Vater und Mutter waren entsetzt, nachdem sie mir nach langem Gebettel einen Kinobesuch gestatteten und ich mir nicht wie vorgesehen das „Weiße Rössl" dann doch lieber „das Mädchen Irma la Douce" mit Shirley Maclaine angeschaut hatte. Sie machten sich Sorgen, ob ich diese frivole Komödie in meinem Alter überhaupt verdauen könnte.

Frivol ist heute kaum noch im Sprachgebrauch zu finden.

Keine Jugend war je so schlimmen Dingen ausgesetzt, wie diejenige, zu meinem Todeszeitpunkt. Noch niemals vorher wurden junge Menschen mit soviel Brutalität und übelster Pornografie konfrontiert. Der Zugang zu unglaublichen Scheußlichkeiten aus dem world wide web, die jedes Kind auf sein Handy laden und weiter verbreiten konnte war arg. Die Armen!

Seit der Konfi waren auch die ersten Stöckelschuhe offiziell genehmigt, deren Pfennigabsätze allerdings recht ramponiert ausgesehen hatten, denn die meisten Straßen waren mit Kopfstein gepflastert und bei den ersten Stöckelgehversuchen blieb man gerne in den Zwischenräumen hängen. Ich denke an Seidenstrümpfe mit Laufmaschen, welche durch ein Tröpfchen Nagellack am weiterlaufen gehindert wurden und an Stielkämme, die man mit sich führte, falls es etwas nachzutoupieren gab.

Ich erinnere mich auch an die regelmäßigen Theaterbesuche mit der Familie meiner Freundin, an den ersten Italienurlaub mit meinen Eltern am Gardasee, wo man mit dem VW Käfer zum zelten fuhr. Papa hatte das Auto bis auf den letzten Kubikzentimeter aufgefüllt mit Utensilien, so dass passgenau für mich eine Ecke zum sitzen übrig geblieben war. Mamutschka hatte beinahe den gesamten Hausstand dabei und auf dem kleinen Spirituskocher deftige Hausmannskost bereitet, derweil die erste Begegnung mit Pasta asciutta und Pizza noch recht skeptisch verlief.

Ich bin viel mit den Zwillingen unterwegs gewesen und im Sommer richteten wir oft ziemlichen Flurschaden an, wenn das Getreide am Acker so kurz vor der Ernte hoch stand und wir uns darin Wege und Verstecke getrampelt hatten. Damals konnte man wirklich noch ein Bett im Kornfeld haben, ohne von außen gesehen zu werden, weil die Halme noch dreimal so hoch standen wie heute. Nach der Ernte suchten wir in den Garben Unterschlupf, die auf dem Felde standen wie Tipis und förmlich zum Indianerspiel aufforderten.

Man lief barfüßig über Stoppelfelder und das gänzlich ohne Schmerz.

Der kleine Dorffriedhof war auch oft Ziel unserer kollektiven kindlichen Betätigungen. Am wirkungsvollsten ist unser Tun gewesen, nachdem die Gräber im Frühjahr herausgeputzt und der Toten mit Primeln, Stiefmütterchen und Gottesaugen gedacht war. Inmitten dieser aufwendig geschmückten Ruhestätten gab es aber auch viele vernachlässigte und von Efeu und Gestrüpp überwucherte Grabstätten, deren Bewohner schon lange kein Besuch mehr abgestattet worden war, speziell jenen galt unsere Aufmerksamkeit. Mit kleinen Schäufelchen und Rechen, die wir an den Rückseiten bei verschiedenen Grabsteinen fanden, machten wir uns an die Arbeit. Bei den üppigen Blumenarrangements fiel es gar nicht auf, wenn man das eine oder andere Pflänzchen entwendet und zu karitativen Zwecken anderswo wieder eingepflanzt hatte. Wir wollten doch nur für alle eine angemessenere Verteilung der Güter und deshalb ließen wir uns in dieser Mission auch nicht von einem Friedhofsaufseher abschrecken, wenngleich der uns als Wiederholungstäter des öfteren schon dingfest gemacht hatte.

Da war auch noch das Gekicher, das mich und die Zwillinge häufig und unverhofft überkam. Peinlich ist es gewesen, wenn uns diese unangebrachte, aber unvermeidbare Attacke gerade während des Gottesdienstes überfallen hatte, da wurde auch schon mal eine Rüge direkt von der Kanzel herab an uns ausgesprochen. Lachkrämpfe stellten sich aber auch häufig bei Tisch ein und wenn gar nichts dagegen half, durfte man sich vor der Türe wieder entspannen.

Ein bunter Kunststoffreifen namens Hula Hoop machte Furore und ließ Jung und Alt die Hüften kreisen.

Das Sofa aus dem neuartigen Kunstleder Skai und die dreiarmige Peitschenlampe, der Lesezirkel mit Quick,

Neue Illustrierte und Constanze, die Reklame für Persil und Siebenundvierzigelf, das alles habe ich nicht vergessen, auch nicht den Slogan: Bleiben sie nicht länger mager! Da wurde doch tatsächlich für eine konzentrierte Aufbaunahrung zur Gewichtszunahme Werbung gemacht, ich persönlich wurde ja mit Lebertran gestärkt, täglich ein Esslöffel pur und das anzügliche Liedchen „*dünn, dünn ist die Leopoldin, wie ein Bleistift, eine Stricknadel, wie ein Zündholz, wie ein Zwirnsfaderl, wie eine Spinnwebe so dünn...*" zeugte von einem Idealbild einer schönen Frau, der man im Wandel der Zeit heute einen Fettverbrenner verkauft.

Oma legte sich als erste in der großen Familie ein Fernsehgerät zu und fortan verwandelte sich ihre gute Stube in ein so genanntes Heimkino. Der Bildschirm ist ziemlich klein gewesen und die Sendungen wurden ehedem in schwarz – weiß ausgestrahlt. Mit den „Amis" kamen auch die Cowboys nach Old Germany und ab sofort roch die Luft in den deutschen Wohnzimmern nach Blei. Rauchende Colts und Bonanza in Abwechslung zu Robert Lembkes „Was bin ich" oder der Krimireihe „Stahlnetz", die ob ihrer Einschaltquoten als Straßenfeger galt.

Nicht zu vergessen, damals startete das Deutsche Rote Kreuz mit seinem Suchdienst nach den Vermissten des zweiten Weltkrieges im Fernsehen immer noch Aufrufe, die zur Klärung von menschlichen Schicksalen beitragen sollten.

Jahrzehntelange beliebte Tierserien wie „Lassie" und „Fury" habe ich mir erstmals mit meinen Kindern angesehen. Es stand außer Frage, dass ich am Nachmittag Fernsehschauen durfte, dieses Bedürfnis war gottlob noch gar nicht geweckt. Andererseits erinnere ich mich aber nicht nur an die Melodie von 77 Sunset Strip, sondern auch an Edd Byrnes, der mit seiner piepsigen Stimme den „Kookie" mimte. Von der Mitte der Treppe aus, durch die Sprossen des Geländers hindurch konnte ich nämlich unbemerkt dem Abendprogramm beiwohnen.

Glotze hin oder her, die meiste Zeit verbrachten wir sowieso auf der Straße. Jene war nur geschottert und war beidseitig von Kornfeldern gesäumt, an deren Rändern Kornblumen und Klatschmohn in Hülle und Fülle standen. Mutter wusste schon gar nicht mehr wohin mit all den Sträußen. Den Sommer verbrachten wir ausschließlich im Freibad und im Winter, wie sich das gehört, entweder auf dem Eis oder mit den Skiern auf der Piste.

Endspurt

Ich hatte einen Opa, einen Beinopa, eine Brillenoma und eine Puttoma, aber ich hatte keine Geschwister. Ein Einzelkinddasein störte mich in frühen Jahren weniger, aber in den späteren fand ich das ziemlich gemein, niemals erfahren zu haben, wie es sich angefühlt hätte, mit einer Schwester oder einem Bruder, oder gar mit beidem zu leben. Ein wirkliches Defizit.

Der normale Opa war mit der Puttoma verheiratet. Diesen Beinamen hatte sie sich natürlich wegen ihrer Hühnerhaltung erworben und zwar speziell wegen ihrer Lockrufe, während der Hühnerfütterung. Das klang in etwa so: Puuuutt puttputtputtputt- puuuutt puttputtputtputt !

Die Brillenoma, ein hageres Frauchen mit spärlichem Haarwuchs verdankte, wie sich erahnen lässt, ihren Spitznamen ihrer Brille, deren Gläser so dick und stark gewesen sein mussten,dass mir damals ihre Augen eulenhaft monströs erschienen sind. Dem Beinopa fehlten gerade jene Extremitäten, welche die Bezeichnung der Namensgebung ausmachten. Ich kannte ihn nur „ohne", es waren Durchblutungsstörungen, die in der Zeit um meine Geburt zu diesem Verlust geführt hatten.

Bei den Sonntagsausflügen musste mein Cousin, der ein paar Jährchen älter als ich gewesen ist, immer zu Fuß gehen, während ich Leichtgewicht auf Opas Stümpfen Platz genommen, mit dem Rollstuhl befördert wurde. Im Haus selbst gab es eine steile Stiege, die der Beinopa ohne fremde Hilfe bezwang. Ich sehe ihn noch, wie er sich rückwärts von einer Stufe zur nächsten hiefte. Erst wenn er oben angekommen war, ließ er sich unter die Arme greifen und auf die Chaiselongue oder einer anderen Sitzgelegenheit platzieren. Seit der Amputation arbeitete er in Heimarbeit für die älteste Bleistiftfabrik der Stadt und das war für mich Malwütige nicht unbedingt ein Nachteil. Es gab Schubladen in der Wohnküche, die waren bis oben hin gefüllt mit bunten Stiften , für mich wie eine Schatztruhe voller Kostbarkeiten. Man erzählte mir immer wieder, dass sogar meine ersten Worte Witz und Bich gewesen wären, die soviel wie Stift und Buch bedeuten sollten.

Der Beinopa wohnte in einem großen Haus aus roten Ziegelsteinen, mit ausgetretenen Holzstiegen, die nach Schellack rochen und dessen Rückseite an ein Flussufer grenzte. Vom Schlafzimmerfenster aus konnte man das Wasserrad sehen und noch besser hören.Das beständige Rauschen hatte etwas beruhigendes. Die Wohnung selbst ist mehr als bescheiden gewesen, sie bestand eigentlich nur aus einem Schlafzimmer, einer winzigen Kammer und einer großen Wohnküche. Den Flur teilte man sich mit einer anderen Familie, die ebenfalls zwei Zimmer bewohnte. Nachdem meine Großeltern ausgebombt waren,(was für ein unscheinbares Wort für eine ungeheuerlich Leben verändernde Lage) sollte diese Unterkunft eigentlich nur als eine Notlösung dienen. Doch der Verlust von Hab und Gut und auch noch eine gesundheitliche Angeschlagenheit ließ die Beiden resignieren und sie lebten fort in dieser bescheidenen Behausung bis zu ihrem Tode. Gut sechs Jahrzehnte später mauserte sich dieses Gebäude nebst der Produktionsstätte der berühmten Bleistifte zu einer hochpreisigen Immobilie mit luxuriösen Loft- Wohnungen.

Jedenfalls bin ich dort zur Welt gekommen, wie ehedem so üblich, bei einer Hausgeburt. Papa ist bei meiner Ankunft dabei gewesen und das war ganz ungewöhnlich für die Zeit damals. Er soll nach der Entbindung komplett hinfällig gewesen sein, doch diese Geschichte kenne ich nur vom Hörensagen. Mamutschka hatte alles prima überstanden und war in der Lage, den frischgebackenen und völlig entkräfteten Vater langsam wieder aufzupäppeln. Die gute Nachbarin brachte, nachdem sie mich durch mein Geschrei angekommen vermutete, frisch gepflückte Erdbeeren aus ihrem Garten. Mit den süßen Früchten, die eigentlich der Wöchnerin zugedacht waren, holte man Papa ins Leben zurück. Mein Geburtstag war präzise einen Monat vor der Währungsreform und die Reichsmark diente zu diesem Zeitpunkt gerade noch zum Feuer machen und mit Lebensmittelkarten und Bezugsscheinen bekam jeder nur das Notwendigste zum überleben, da war so ein Korb mit frischem Obst schon als ein richtiges Gottesgeschenk anzusehen.

Nachdem ich das Licht der Welt erblickt habe,

beginnt für mich das Leben,

das nun fortan seinem Ende zustrebt.

ENDE

Jetzt wird mir gewiss
die Rechnung präsentiert
für den Sonnenschein
und das Rauschen der Blätter,
die sanften Maiglöckchen
und die dunklen Tannen,
für den Schnee und den Wind,
den Vogelflug und das Gras
und die Schmetterlinge,
für die Luft,
die ich geatmet habe,
und den Blick auf die Sterne
und für alle die Tage,
die Abende und die Nächte.
Heute wird es Zeit,
dass ich aufbreche und bezahle.
Bitte die Rechnung.
Doch ich habe sie
ohne den Wirt gemacht:
Ich habe dich eingeladen,
sagt der und lacht,
soweit die Erde reicht:
Es war mir ein Vergnügen!

Lothar Zenetti

ENDE

Übrigens, habe ich schon einmal erwähnt, dass es mir völlig einerlei ist, wo und wie ich unter die Erde komme? Für mich ist nur ein „wann" von Bedeutung. Nicht, dass man sich noch einen Kopf wegen meines Totenhemdes macht, für mich ist das ganze Beerdigungsgedöns völlig belanglos. Wie schon erwähnt, ein „wann" wäre von Bedeutung, damit mir auch wirklich genug Zeit bleiben kann, alles irdische und lieb gewonnene loszulassen. Vielleicht werden noch ein paar Gebete gesprochen, danach kann man mich zur Kompostierung freigeben. Naturbestattungen sollen übrigens dem Kreislauf zu neuem Leben sehr förderlich sein.

Eine andere Möglichkeit wäre eine Umformung des amorphen Kohlenstoffs der Asche zu einem Diamanten. Ein netter Gedanke übrigens.

Eine mögliche Variante wäre das Veraschen im Krematorium um dieselbe dann in alle Winde zu verstreuen. Nur nicht aus dem Heißluftballon, man erinnert sich an meine Höhenangst?

Wasser wäre gut.

ENDE

Zur Beerdigung meiner
Wünsche ich mir das Tedeum
Tedeum laudamus
Den Freudengesang
Unpassender-
Passenderweise

(Oder das Grablied von Schubert, Pilger auf Erden)

Denn ein Totenbett
Ist ein Totenbett mehr nicht
Einen Freudensprung
Will ich tun am Ende
Hinab hinauf
Leicht wie der Geist der Rose

Marie Luise Kaschnitz

ENDE

Jetzt werde ich mich wohl in unbekannte Sphären bege-
ben und meine Reise antreten zu den Himmeln, die Paulus
beschrieben hat, zu der Herrlichkeit, die noch nie ein ir-
disches Auge geschaut.

ENDE

Die himmlische Pforte habe ich mir eigentlich schon ein bisschen anders und vor allen Dingen etwas reinlicher vorgestellt. Wo bin ich denn hier nur gelandet und wo kommen nur die vielen Wollmäuse her ?

Ah, jetzt höre ich bereits die Stimmen aus dem Jenseits.

„H a l l o o, k a n n s t d u   m i c h h ö r e n ?

Um Himmels Willen, du bist gestürzt ! Ich rufe einen Arzt !

Es hätte sich in der Tat so abspielen können. Den Sturz von dem wackeligen Bürostuhl gab es wirklich, aber er liegt schon einige Zeit zurück und ich habe ihn überlebt. Damals inspirierte mich dieses Geschehen, um die Erinnerung an meine Existenz mit einzelnen Anekdoten aus meinem Leben auf Papier gebracht, aufrecht zu erhalten. Liegt es nicht in der Natur des Menschen, sich ein Stück Unsterblichkeit schaffen zu wollen? Den Enkeln und Urenkeln im Gedächtnis bleiben, wer wünscht sich das nicht? Einen Versuch ist es wie auch immer wert. Wie viel Zeit mir auf Erden noch beschieden sein wird, weiß Gott allein, aber es könnte gerne noch eine Weile dauern, jetzt, da ich gerade mit dem Ruhestand liebäugle und womöglich noch von Themen und Gedanken heimgesucht werde, die es allemal wert wären, auf Papier festgehalten, oder gar in einem Reim entfaltet zu werden.

Kein Kreuz wog je schwerer, als ich es zu tragen vermochte und so manche Unzulänglichkeit hat sich längst in Wohlgefallen aufgelöst.

Ende gut – alles gut!

Gottlob, dass ich auf Erden bin
und Leib und Seele habe;
Ich danke Gott in meinem Sinn
für diese große Gnade.

Der Leib ist mir noch herzlich lieb,
trotz seiner Fehl und Mängel,
ich nehme gern mit ihm vorlieb
und neide keinem Engel.

Novalis

Quellennachweise

Dietrich Bonhoeffer

Sprüche 16,9

1.Korinther 13

Graf von Moltke

Erich Fromm

Philipper 4,11

Christoph Probst

Matthäus 6,34

Epheser 5,33

Matthäus 18/20

Hans von Lehndorff

Quelle unbekannt

1.Korinther 15, 42-44

Timotheus 4,14 a

Sabine Naegeli

Johannes 3, 17

Sprüche 25/28

Carl Michael Ziehrer

Lothar Zenetti

Marie Luise Kaschnitz

Novalis

Inhalt

MIX

Papier | Fördert
gute Waldnutzung

FSC® C083411

Zeitfracht Medien GmbH
Ferdinand-Jühlke-Straße 7
99095 Erfurt, Deutschland
produktsicherheit@kolibri360.de